Wie lange gibt es uns schon, und wie konnten wir uns über alle anderen Kreaturen erheben?

Und warum sind wir nach Millionen Jahren Entwicklungsgeschichte immer noch so blöd?

Der Werdegang vom vielversprechend blöden zum hoffnungslos blöden Homo ist zweifellos ...

... das größte Geheimnis der Evolution!

STEHAUF-MÄNNCHEN

VON RALF KÖNIG

Rowohlt

DAS GIBT'S DOCH NICHT!
WO SIND WIR DENN HIER HIN-GERATEN ?!
WIR SIND IRGENDWO FALSCH AB-GEBOGEN, REG DICH NICHT AUF!
DAS WILL MIR NICHT IN DEN KOPF!
WIR MÜSSEN NACH VORN!
IMMER DER NASE LANG!

NACH VORN, NACH VORN! VORN SIND DIE ELENDSBARACKEN, HINTER UNS IST IRGEND'N KRIEG, RECHTS DAS MARODE ATOMKRAFTWERK UND LINKS DER STRAND VOLL PLASTIKMÜLL! WOHIN DENN, NACH VORN?!!
ES GEHT IMMER NACH VORN! WAS SAGT DENN GOOGLE MAPS?
HORST, ES GIBT KEINEN EMPFANG!!!
VIELLEICHT HAT DER BAUM JA WLAN...
...NOCH KEIN EINLASS!
?!

HALLO ?!
KENNST DU DICH HIER AUS ?!
?!!
SIEHST DU VON DA OBEN VIELLEICHT DAS NECKERMANN SOUTH AFRICA, LUXURY RESORT ?!
DU REDEST MIT EINEM SCHIMPANSEN!
UND ?! UNSER NÄCHSTER VERWANDTER! SO HEISST ES DOCH IMMER!
NUN IST AUCH NOCH DER AKKU LEER!
DAS HIER IST DAS AFFENTHEATER, UND ES IST NOCH KEIN EINLASS!!
DOCH, DOCH, WIR ÖFFNEN IN DIESEM MOMENT!
WAS ZUM KNABBERN GEFÄLLIG?
NÜSSE? WURZELN
MAGIC MUSH-ROOMS

?!
DU LIEBE, LANGE ZEIT, DAS IST ALSO AUS EUCH GEWORDEN!
ERECTUS SEID IHR NICHT MEHR, ODER?
NEIN, SAPIENS!
HOMO SAPIENS!
HOMO SAPIENS!
DER WEISE, VERNÜNFTIGE MENSCH!
JA, GOTT SCHUF UNS NACH SEINEM BILDE!
... DAS ZUR WEISHEIT.
IMMERHIN NOCH ATTRAKTIVE BEHAARUNG BEIM MÄNNCHEN!
ES GIBT SIE NOCH, DIE SCHÖNEN DINGE!

NA JA … GIBT SCHÖNERES.
ABER WOZU DER LAPPEN DA? ZEIG MAL DIE HODEN!
ES IST 'NE BADEHOSE! WE… DEM SCHAMGEFÜHL!
SCHAMGE… WAS?
WEGEN DES SCHAMGEFÜHLS!
ER IST DICHTER! GRAMMATIK UND SO …
NUN ZEIG IHM DOCH DEINE HODEN! ENDLICH WILL DIE MAL EINER SEHEN!
ICH ZEIG DOCH EINEM AFFEN NICHT MEINE EIER!
BONOBO, UM GENAU ZU SEIN!
NA, IMMERHIN NOCH EIN AFFE! SO VIELE TIERE GIBT'S HIER OFFENBAR NICHT MEHR! DAFÜR ÜBERALL MÜLL UND ABFALL!

ICH BIN JA ENTTÄUSCHT VON AFRIKA! DA FAHR ICH LIEBER IN DEN WILDPARK NACH GUMMERSBACH!
JA, GUT! WIR SIND EH HEUTE AUSGEBUCHT!
TSCHÜSS!
NEIN, ZWEI PLÄTZE SIND FREI GEWORDEN! ERECTUS HAT ABGESAGT!
ACH JA?!
JA. SIE FÜHLEN SICH POLITISCH UNKORREKT DARGESTELLT!
NUN GUCK NICHT DAUERND AUFS HANDY, DAS NAVI IST TOT!
ICH GUCK, WOHIN ICH WILL!!
WOLLT IHR WISSEN, WANN UND WO IHR FALSCH ABGEBOGEN SEID?! SO RICHTIG ZUM ERSTEN MAL IN DIE FALSCHE RICHTUNG?!
JETZT WIRD ABER NICHT GESPOILERT!!
ICH REDE VOM ERSTEN MAL! DAS KOMMT BEI DIR GAR NICHT VOR!!
AALSO! DA SASSEN HIER IM URWALD ZWEI VON DER SORTE AUSTRALOPITHECUS AUF'M TROPENHOLZ UND LANGWEILTEN SICH!

ICH ... HAB 'NE IDEE!
WAS IST 'NE IDEE?
WIR STEIGEN RUNTER VOM BAUM!
PAC!
WAS?
WIR STEIGEN RUNTER VOM BAUM!!
WOZU DAS DENN?
NA, MAL WAS ANDERES ALS IMMER NUR AUF'M BAUM!
ABER WAS WILLST DU DA, UNTERM BAUM?!
TOTAL DURCHGE-KNALLTE SACHEN MACHEN!!
ZUM BEISPIEL?
WIR KÖNNTEN JA...
WIR KÖNNTEN...
KEINE AHNUNG, WIR KÖNNTEN...
...UNTEN AN DEN BAUMSTAMM PISSEN!!
?!

GENIAL! ES IST INNOVATIV, EIN BISSCHEN UNANSTÄNDIG...
... UND EXTREM MÄNNLICH!
WERDET IHR WOHL IM SITZEN PINKELN ?!!

DAS IST EVOLUTION! DAS GANZE DRAMA NUR, WEIL MÄNNER LIEBER IM STEHEN PULLERN!
DA HÖRST DU'S!
SCHNÜFF SCHNÜFF...
DAS PUBLIKUM NAHT! SUCHT EUCH LIEBER GUTE PLÄTZE!
ICH HÄTT GERN EIN PAAR NÜSSE!
NUN ISS NICHT NOCH NÜSSE, IM HOTEL GIBT'S HEUTE ANTILOPE ALL YOU CAN EAT!
ACH JA, ICH HAB AUCH GAR KEIN GELD DABEI!
GELD!?
MIT EUREM GELD SEID IHR AUCH FALSCH ABGEBOGEN! DU KANNST MIR NACH DER VORSTELLUNG DEN RÜCKEN LAUSEN!
OK, KEINE NÜSSE.
HALLO...
LASS UNS HINSETZEN! DIESE FLIP-FLOPS SIND JA NICHTS FÜR DIE SAVANNE!
HOMO ERGASTER!
HOMO BONOBO!
OH, ZU VIEL DER EHRE...
SAG MAL, DIE ZWEI DA... IST ES DAS, WAS ICH DENKE?
JA, HOMO SAPIENS.
IS NICH WAHR...
DIE SOLLEN SICH DAS RUHIG MAL ANSEHEN! WER IRGENDWOHIN WILL, SOLLTE WISSEN, WO ER HERKOMMT!
WENN ICH DIE SO SEHE... DA BLIEB UNS DURCHS AUSSTERBEN JA EINIGES ERSPART!

WENN WIR ZUM HOTEL ZURÜCKKOMMEN, SIND BESTIMMT WIEDER UNSERE LIEGESTÜHLE BESETZT!
HM.
DIESE ENGLÄNDER SIND DAS! DIE NEHMEN EINFACH DIE HANDTÜCHER WEG UND SETZEN SICH DA HIN!
DAS MIT DEN HANDTÜCHERN MACHEN AUCH NUR WIR DEUTSCHEN.
ES GEHT LOS!
UND? HABEN DOCH ALLE HANDTÜCHER!
MÜSSEN SIE HALT ETWAS SCHNELLER SEIN!
PSST!
ZUNÄCHST BEGRÜSSE ICH DIE ZWEI HOMO SAPIENS IM PUBLIKUM! WIR SPIELEN HEUTE FÜR EUCH!
PFZH!
?!
NA, NA!!

ES SIND AFFEN! DIE KACKEN VOM BAUM!
DAS WAR ABSICHT!
STEHAUF-MÄNNCHEN!
EINE HUMANOIDE TRAGÖDIE!!
DIE PERSONEN:
FLOP KULTURPESSIMIST!
EFFI QUEERFEMINISTIN
GROG FLOPS GELEGENHEITS-BESPRINGER!
PING INNOVATIONS-FORSCHER!
EREC BORSTENFELL UND ZUKUNFTSPLÄNE!
PEFFI EFFIS WEIBCHEN!

ALPHA-MÄNNCHEN AUSLAUFMODELL!
ZIPPO PYROTECHNIKER!
ROB HOFFNUNGSLOS ANDERS!
ROB!

WIR SIND AM ARSCH!
UND WIR WISSEN ES! ALLE!!
JAMMERN ZWECKLOS, KEIN GOTT, DER UNS HILFT!
IMMERHIN, DER PLANET DREHT SICH NOCH EINIGE MILLIONEN JAHRE… VIEL ERFOLG DEN AMÖBEN!
VIELVERSPRECHENDE TIERCHEN, DIE AMÖBEN! UND KLUG! WAREN IMMER AMÖBEN UND BLEIBEN IMMER AMÖBEN!

HABEN ZWAR KLEINE, FLINKE FÜSSCHEN …
… ABER STELLEN SICH NICHT DRAUF WIE AUSTRALOPITHECUS ANAMENSIS!
HAB ICH DOCH NUR GANZ SELTEN GETAN …
AMÖBEN BEWEGEN SICH FORT UND FANGEN IHRE BEUTE …
… ABER FERTIGEN KEIN WERKZEUG WIE HOMO RUDOLFENSIS!!
KANNST JA WEITER MIT DEN FINGERNÄGELN NACH WURZELN GRABEN! BLÖDMANN!!!
AMÖBEN WECHSELN STÄNDIG IHRE ESTALT, ABER SIE HANTIEREN NICHT IT FEUER WIE HOMO ERECTUS!
UND SIE PFLANZEN SICH FORT SEIT HUNDERTEN MILLIONEN JAHREN, ABER MACHEN SICH NICHT BREIT WIE …
IST NICHT HIER, KEIN BOCK AUF PUBLIKUMSBESCHIMPFUNG!

...WIR WISSEN SCHON, WER...
WO SEID IHR FALSCH ABGEBOGEN?
UND WANN?!
WAS GING SCHIEF?
UND WARUM?
ES PASSIERTE, WENN ICH MICH NICHT IRRE, IM PLEISTOZÄN!

FLOP WAR DAMALS EIN JUNGER HÜPFER UND DIE WELT NOCH IN ORDNUNG!

SICHER, KURZ VORHER WAR NOCH ÜBERALL DICHTER URWALD, ABER DANN HATTEN SICH IRGENDWELCHE ERDPLATTEN VERSCHOBEN UND DIE HOMINIDEN SASSEN PLÖTZLICH AUF DER FALSCHEN SEITE DES GROSSEN AFRIKANISCHEN GRABENBRUCHS ... MIT IHRER ARSCHKARTE!

DENN DIE LANDSCHAFT TROCKNETE AUS, UND ES WURDE HEIKEL, VON EINEM BAUM ZUM NÄCHSTEN ZU FLITZEN, OHNE VON IRGENDWELCHEN REISSZÄHNEN GESCHREDDERT ZU WERDEN!

ABER ES GING! DIE MEISTEN ZEITGENOSSEN WAREN PFLANZENFRESSER UND FRIEDLICH!

EFFI, EINE FRAGE!
HAST DU JE DARÜBER NACHGEDACHT, DASS DU DU BIST?
NACHGE-WAS?
MIR PASSIERT DAS IMMER BEIM KACKEN!
FLOP, ICH FRESSE!
MICH INTERESSIERT GRAD NUR BEDINGT, WAS DIR BEIM KACKEN PASSIERT!
ICH DENKE!
JA, KOMMT SCHON MAL VOR, MACH DIR KEINEN KOPF!
BEIM KACKEN HAT MAN JA SONST NICHTS ZU TUN! MAN FRISST NICHT, MAN FICKT NICHT, MAN GUCKT NUR KURZ, OB IRGENDWO RAUBTIERE ODER PERVERSE GAFFER SIND, UND DANN HAT MAN DEN MOMENT FÜR SICH ALLEIN!
DA KANN MAN SCHON MAL INS GRÜBELN KOMMEN!

ABER WAS ICH DENKE, IST MITTLERWEILE BEÄNGSTIGEND!
ZUM BEISPIEL?
ICH KACKE, ALSO BIN ICH!
DAS IST NICHT BEÄNGSTIGEND, DAS IST 'NE RATIONALE ERKENNTNIS!
ES GIBT EIN IC UND EIN ÜBER-ICH! ICH BIN ALSO ZU ZWE
NEIN, BIST DU NICHT!
WIESO NICHT?
WEIL DU NUR AUS EINEM ARSCH KACKST.
OK, DAS IS'N ARGUMENT.
FLOP, DU STEIGERST DICH DA REIN!
JAA, WIR DENKEN! ABER GENAU DARÜBER SOLLTE MAN NICHT NACHDENKEN!
ÜBERS DENKEN NACHDENKEN IST KONTRAPRODUKTIV, VER-STÖREND, DAS KANN NICHT GESUND SEIN!!
ALSO VERTRAU WEITER AUF DEINE INSTINKTE UND KONZENTRIER DICH AUFS FRESSEN UND FICKEN!
JA, BEIM SEX SETZT DER VERSTAND AUS, DAS IST TOLL!
ICH HAB MIR EIN PAAR PRAKTIKEN AUSGEDACHT, DIE SICH ZUNEHMENDER BELIEBTHEIT ERFREUEN.

ZUM BEISPIEL?
LECKEN! DER EFFEKT IST SENSATIONELL!
DA KOMMT IHR JETZT ERST DRAUF? PEFFI UND ICH LECKEN UNS SCHON EWIG!
HA HA!
WAS GIBT'S DA ZU LACHEN?
IHR LECKT EUCH GEGENSEITIG DIE JUBELSCHWAPPEN? IS'N WITZ!
NEIN, DAS IST ÜBERHAUPT KEIN WITZ!
IHR LECKT EUCH DIE – IM ERNST JETZT?!
UND WIR HABEN KEINE JUBELSCHWAPPEN, WIR HABEN VULVEN!!
AH...
ABER ÜBER EUCH STEIGT DOCH ALPHAMÄNNCHEN DRÜBER?
ÜBER MICH IST DER NOCH NICHT „DRÜBER" UND BESTEN DANK AUCH!!!
STIMMT, ER IST NICHT MEHR DER ATTRAKTIVSTE...

ERec ist attraktiv!
ERec?! Grossmaul ERec findest du attraktiv?!
Er ist ein Mann mit Visionen!
Er ist ein Gross-maul mit Profil-neurose.
Aber sein Fell!
Was für'n Fell?! Der hat doch kaum eins!
Na eben! Es ist eher Behaarung! Man kann seine Haut sehen!
Und er hechelt nicht, er schwitzt! Dann wird er ganz nass überall, und ich würd gern quer drüberlecken!
Wieso tust du's nicht?
Er sagt, er steht auf Jubel-schwappen!

DER KORREKTE AUSDRUCK IST: VULVEN!
HA HA! VULVEN!
KNIRSCH...
KOMM, DU WÜRDEST EREC AUCH GERN MAL -
HAST DU'S MIT DEN OHREN?!! ICH HAB DOCH GRAD NOCH GESAGT, ICH STEHE AUF WEIBCHEN!!
?!
IST JA GUT...
NEIN, DU NIMMST MICH NICHT FÜR VOLL!!!
DOCH, DOCH...
FLOP?
HEY GROG...
DA, NOCH SO'N ZWANGSHOMO-SEXUELLER!
ALLE MÄNNCHEN ZU BAUM SIEBEN! DER ALTE PING GIBT WIEDER 'N WORKSHOP!
ÜBER BEWUSSTSEIN UND SELBST-BEWUSSTSEIN ODER SO!
NEE, DANKE! ICH BIN MIR SCHON SELBST-BEWUSST GENUG!
EREC ERZÄHLT AUCH WAS!

WAS HABEN WIR ALSO BEIM LETZTEN MAL GELERNT?!

DIE ERSTE UND WICHTIGSTE REGEL:
ÜBERNIMM VERANTWORTUNG FÜR DEIN LEBEN!
WAS WIR BRAUCHEN, IST MUT UND SELBST-BEWUSSTSEIN!
WAS BRAUCHEN WIR?!

MUT UND SELBSTBEWUSSTSEIN!!
GENAU!!
UNSERE SELBSTSICHERHEIT LÄSST SICH NÄMLICH BEEINFLUSSEN!
UNTER ANDEREM DURCH DIE KÖRPERHALTUNG!
ZEIG'S IHNEN, EREC!
DAZU MACHE ICH JETZT ETWAS UNGEHEURES!!
ICH RICHTE MICH...
...AUF!!!

?
?!
?!
?
UND NICHT NUR DAS!!
ICH WERDE JETZT GEHEN!!!
AUF-RECHT!!!

WOW!
BOAH!
?!
AUFRECHTES GEHEN BEDINGT EIN LEICHTES KIPPEN NACH VORN UND ZUR SEITE UND DIE RECHTZEITIGE KORREKTUR DES GLEICHGEWICHTS!!!
STAPF
STAPF
STAPF
WAS FÜR WUNDERSCHÖNE, DICKE HODEN...
PRUST
GACKER
GACKER
KICHER...

WAS IST JETZT KOMISCH ?!
NICHTS, SCHON GUT...

ABER DIE ART, WIE WIR UNS FORTBEWEGEN, BESTIMMT AUCH UNSERE SICHT AUF DIE UMWELT!!!

WEIL WIR AUFRECHT GEHEND BEIDE HÄNDE FREI HABEN UND ÜBER DAS STEPPENGRAS HINWEGSEHEN!
FLOP, KOMM MAL RUNTER!!
ICH?!
WIESO ICH?!
KOMM RUNTER, FLOP!!
HÖRST DU, EREC RUFT!
MACH MÄNNCHEN!
ABER ... WENN DA UNTEN IRGENDWELCHE SÄBELZAHNTIGER ...
BEI DER MITTAGSHITZE MACHEN RAUBTIERE SIESTA!
NA HOFFENTLICH!

DAS IST KEINE HOFFNUNG, DAS IST BEOBACHTUNG DER NATUR!
HIER SEHEN WIR FLOP IN UNSER ALLER TYPISCHEN KÖRPERHALTUNG!!
VORNÜBERGEBEUGT, GEDUCKT, GEBÜCKT!
DIE HALTUNG EINER ÄNGSTLICHEN KREATUR! DIE KÖRPERSPRACHE DER FURCHT VOR EINER FEINDLICHEN UMGEBUNG!!
EINGESCHÜCHTERT VON ALLEM, WAS IHN UMGIBT, MACHT FLOP SICH SELBST KLEIN!
NA, WER SCHLAU IST...
GENAU! UND JETZT RICHTE DICH AUF!!
ÄH... WIE JETZT?!
GERADER RÜCKEN, KOPF HOCH, BLICK ENTSCHLOSSEN GERADEAUS!
GUT! ERFORDERT EIN BISSCHEN RÜCKGRAT, ABER DAS KOMMT SCHON NOCH.

EIN NEUER FLOP!!!
ENTSCHLOSSEN, UNTERNEHMUNGSLUSTIG, SELBSTBEWUSST!!!
MIR WIRD SCHWINDELIG...
UND, FÄLLT EUCH IRGENDWAS AN IHM AUF?!
WAS FÜR WUNDERSCHÖNE, DICKE HODEN.
PRUST
GACKER GACKER
HÖ HÖ
HI HI HI
JA, ABER AB JETZT GIBT ES WICHTIGERES ALS DIE GRÖSSE UNSERER HODEN!! WAS FÄLLT EUCH NOCH AUF?!

SEIN KOPF !!
FLOPS KOPF RUHT DURCH DIE SENKRECHTE AUSRICHTUNG AUSBALANCIERT AUF DER KÖRPERACHSE, STATT AN IHREM VORDEREN ENDE ZU HÄNGEN, WIE ZUM BEISPIEL BEIM HORIZONTAL AUSGERICHTETEN SÄBELZAHNTIGER !!!
DAS HEISST, SEIN HIRN KANN WACHSEN !!!
IM GEGENSATZ ZU DEM DES SÄBELZAHNTIGERS KANN SICH DAS VOLUMEN DES GEHIRNS DURCH DIE AUFRECHTE HALTUNG MIT DER ZEIT UM EIN VIELFACHES VERGRÖSSERN !!
UND DAS, OHNE DASS IHM DER KOPF ZU SCHWER WÜRDE, DENN DURCH DIE OBERHALB DER WIRBELSÄULE RUHENDE -
WAS IST HIER LOS, WAS MACHT IHR FÜR'N KRACH ?!!

WIR ERHEBEN UNS ÜBER DIE NATUR.
WAS?! WOZU DAS DENN?!
ÄH…
MUSS EUCH WEIBCHEN KAUM INTERESSIEREN!
DANN INTERESSIERT EUCH MÄNNCHEN VIELLEICHT, DASS DER DIKTATOR FÜNF BÄUME WEITER SEINEN MITTAGSSCHLAF HÄLT UN WIR WEIBCHEN SEHR DARAN INTERESSIERT SIND, DASS ER NICHT AUFWACHT!!
DANN GEHT ER UNS WENIGSTENS ZWEI STUNDEN AM TAG NICHT AUF DIE EIERSTÖCKE MIT SEINEM LAUNIGEN GEGRUNZE UND DEM SCHLECHTEN ATEM!!!
IN ORDNUNG, WIR SIND LEISER, TSCHÜSS.

ALSO! ER AUF- ECHTE ANG!
HOMINIDEN, MACHEN WIR NS NICHTS VOR! WIR MÜSSEN BER KURZ ODER LANG RUNTER VOM BAUM!
RUNTER VOM...
UND WAS IST MIT DEN LÖWEN?!
LEOPARDEN?!
SÄBEL-ZAHN-TIGERN?!
?!!
GUT. ZUERST DIE SCHLECHTE NACHRICHT: WIR HABEN KEIN GEBISS WIE DIE SÄBELZAHNTIGER UND KEINE FLINKEN BEINE WIE DIE LEOPARDEN!! UND NUN DIE GUTE!
WIR HABEN UNSER HIRN!!!

WIR HABEN DIESES GEHIRN, DAS –
?!
WOW!
INTERESSANTE PERSPEKTIVE!
OK, BIN SENKRECHT. UND JETZT?
DAS WEIBCHEN NICHT.
DAS WEIBCHEN HEISST PEFFI UND WIESO NICHT?
WEIL DER AUFRECHTE GANG NUR MÄNNCHEN BETRIFFT! DIE WEIBCHEN BLEIBEN MAL LIEBER HOCKEN!
INTERESSANT. UND WARUM SOLLTE WIR HOCKEN BLEIBEN, WÄHREND IHR EUCH AUFRICHTET?
WEIL WIR JÄGER WERDEN UND IHR SAMMLER BLEIBT!
UND SAMMELN KÖNNT IHR EHER IN DER HOCKE!
WIRD JA IMMER BESSER!

AUSSERDEM KOMMEN WIR IM FALLE DES EISPRUNGS BESSER VON HINTEN AN DIE JUBELSCHWAPPE!
WAS WIRD DAS DENN HIER, WENN'S FERTIG IST?!!
?!
OH SCHEISSE...

IN DIE HOCKE!!!
ALLE!!!

KNIRSCH...

WER IST HIER DAS ALPHAMÄNNCHEN?
DU BIST HIER DAS ALPHA-MÄNNCHEN.
WIE BITTE?! ICH HAB EUCH NICHT RICHTIG VERSTANDEN!!

DU BIST HIER DAS ALPHAMÄNNCHEN!
GENAU! DENN WER HAT DEN GEWALTIGSTEN BRUSTKORB ?!!
TROMMEL TROMMEL
DAS ALPHAMÄNNCHEN.
UND WER HAT DIE FURCHTERREGENDSTEN ZÄHNE ?!!
ALPHAMÄNNCHEN.
UND WER HAT DIE DICKSTEN HODEN ?!!

GENAU!! ALPHAMÄNNCHEN!!!
DAS BIN ICH!!!
TROMMEL TROMMEL
UND WEIL DAS SO IST, WERDEN AN MIR VORBEI KEINE NEUEN SITTEN EINGEFÜHRT!
WIESO STEHT IHR HIER UNTEN AUF DEN HINTER-BEINEN?!
WIR BLEIBEN VERNÜNFTIG UND NATUR-VERBUNDEN IM GRÜNEN GEÄST UND FRESSEN UND FICKEN!!

UND DAS IST DOCH SCHÖN!
IHR MÄNNCHEN KÖNNT UNTER-EINANDER FICKEN ODER WEN UND WAS IHR WOLLT, UND DIE WEIBCHEN FICKE ICH!
DENN ES SIND MEINE WEIBCHEN!
ALLE WEIBCHEN SIND MEINS!
JEDER EISPRUNG EIN FICK!
KÖSTLICH!
KNIRSCH...
UND JETZT ZURÜCK AUF DIE BÄUME!! AUF ALLEN VIEREN!!!

HEY EREC!
WAS MACHSTE?!
ICH DENKE!
AH.
SCHEINT JA DER NEUE HEISSE SCHEISS ZU SEIN, DENKEN...
UND ALPHAMÄNNCHEN TROMMELT SICH AUF DIE BRUST! DER IST SO MIOZÄN...
DER KANN MICH MAL!
SAG DAS NICHT ZU LAUT! ER IST DER DIKTATOR!
DER IST VON GESTERN!
ACH, DER NÄCHSTE WIRD AUCH NICHT BESSER. HABEN DIKTATOREN SO AN SICH.
WIE STOLZ ER AUF SEINE KLEINEN HODEN IST! TOTALER REALITÄTS-VERLUST!
MEINE SIND GRÖSSER!

SELBSTVERSTÄNDLICH SIND SIE DAS! GRÖSSER, PRALLER, FORMSCHÖNER!
ICH HAB DIE DICKSTEN EIER DER GANZEN HORDE!
UNBEDINGT! SO DICKE EIER HAT SONST KEINER!
DU HAST HODEN WIE EIN JUNGER ELEFANTENBULLE!
JA, ABER AB JETZT GIBT ES WICHTIGERES!
NATÜRLICH. ICH MEIN JA NUR.
WAS MEINST DU, WAS DAHINTEN IST?!
WAS WO IST?
DAHINTEN, AM HORIZONT!

UND WIE GEHT'S DA WEITER?!
SIEHST DU, ZU VIEL DENKEN TUT NICHT GUT! DER HORIZONT IST DAHINTEN, WIR SIND HIER UND DAZWISCHEN SIND SÄBELZAHNTIGER!
KOMM, HÖR AUF, DICH AUFZURICHTEN, ICH LAUSE DICH EIN BISSCHEN! DU WIRKST SO VER-SPANNT!
SEUFZ...
WARUM WOLLT IHR ÜBERHAUPT RUNTER VON DEN BÄUMEN? UNS GEHT'S DOCH GUT HIER!
WIR FRESSEN UND FICKEN! DARAUF KOMMT'S AN IM LEBEN! FRESSEN UND FICKEN!
WAS FRESSEN WIR DENN?! TROCKENE BLÄTTER UND WURZELN!!
VON FICKEN GAR NICHT ZU REDEN!
ICH WEISS, DU BIST NICHT INTERESSIERT, ABER MAN KANN AUCH ERSATZBE-FRIEDIGUNG KREATIV GE-STALTEN!
STIMMT! ICH BIN NICHT INTERESSIERT!
SEUFZ... DAS IST EIN JAMMER...
WAS DU ALLES VERPASST!

WAS VERPASS ICH DENN ?!
MANCHE PRAKTIKEN SIND SO NAHELIEGEND, DASS MAN SICH FRAGT, WARUM NICHT SCHON UNSERE VORFAHREN -
NA WAS ?!
NUN, LECKEN! ALLES DRUM- UND UNTENRUM!
UND WENN ICH SAGE ALLES, DANN MEINE ICH ALLES!
ES KANN NICHT SINN UND ZWECK UNSERER HODEN SEIN, DASS SICH MÄNNCHEN GEGENSEITIG DARAN LECKEN!!
WIR MÜSSEN WEIBCHEN BESPRINGEN!!
DEFINIERE SINN UND ZWECK...
SICHER MÜSSEN WIR DAS, ABER WENN DU MAL LUST HAST, EIN MÄNNCHEN ZU DOMINIEREN...
SCHNAUF SCHNAUF
ORALVERKEHR IST EINE BAHNBRECHENDE ERFINDUNG...
BRICH BAHN!
?!!

?!
HEY EREC!!
?!
KOMM RUNTER! HOMO RUDOLFENSIS GELANG EINE BAHNBRECHENDE ERFINDUNG!
NUN MAL LANGSAM! EINE BAHNBRECHENDE ERFINDUNG NACH DER ANDEREN!!
SIEHT AUF DEN ERSTEN BLICK SIMPEL AUS, IST ABER EINE SENSATION!!
EIN STEIN?
ES IST EIN FAUSTKEIL! HAT VORNE 'NE SCHARFE KANTE UND HINTEN 'N GRIFF!

UNIVERSELL! ZUM SCHNEIDEN, GRABEN, HACKEN UND SCHABEN!
STEINE ALS WERKZEUG BENUTZEN IST NICHT NEU!
ABER ER HAT IHN SELBST BEARBEITET!
UND NOCH INTERESSANTER: ER SCHMEISST IHN NACH GEBRAUCH NICHT WEG!
GENAU! WIEDERVERWENDBAR!
DAS TEIL SOLL PRAKTISCH SEIN?!
ICH HAB SCHON OBSTSCHÄLMESSER HERGESTELLT UND NUSSKNACKER UND STAMPFER, SÄGEN, REIBEN UND RASIERKLINGEN!!
JA, ABER NACH GEBRAUCH HAST DU'S WEGGESCHMISSEN!
WEIBCHEN UND INNOVATION, HÖHÖ...
ES IST NUR'N BLÖDER STEIN MIT'NER SCHARFEN KANTE! KEIN GRUND, 'N NEUES ZEITALTER AUSZURUFEN!

WOZU ZUM GEIER BRAUCHT IRGENDWER RASIERKLINGEN ?!
OK, WAR'S DAS ? WENN DER STEIN SCHON EINE SENSATION IST, DANN IST ORALVER –
HAST DU DAS MITGEKRIEGT, DIE MÄNNCHEN LECKEN SICH NEUERDINGS GEGENSEITIG DIE EIER !
JA, ES IST EIN JAMMER ! EIN ERBÄRMLICHER JAMMER !
KEINESWEGS, DIE METHODE ERFREUT SICH ZUNEHMENDER –
HALT DURCH, FLOP !
WAS ?!
AUF DIE TECHNISCHE REVOLUTION FOLGT DIE SEXUELLE !
AH. UND DAS HEISST ?
BALD TREIBT KEIN MÄNNCHEN ES MEHR MIT MÄNNCHEN !
HURRA.

GENAU DAS HAT ER GESAGT, GROG! BALD TREIBT KEIN MÄNNCHEN ES MEHR MIT MÄNNCHEN!
UND?!
ICH FINDE, DAS KLINGT ÜBEL! DAS KLINGT NACH ZWANGS-HETERONORMATIVITÄT!
ACH QUATSCH!
?!
DIE WEIBCHEN PLOPPEN, UND ALPHAMÄNNCHEN HAT DAS BE-SPRINGRECHT! DAS WAR MILLIONEN JAHRE SO!
NUR DEINEN EREC KANNST DU VERGESSEN!
WENN DER MIT WEIBCHEN NICHT DARF UND MIT MÄNNCHEN NICHT WILL, MUSS ER SICH SELBST DIE EIER LECKEN, DAS –
?!
PLOP!
?!
?!

JESSAS!
HÖHÖ ...
NA, HERZLICHEN GLÜCKWUNSCH ...
WAS GIBT'S DA ZU GLOTZEN ?!!
NICHTS ... ES IST NUR IMMER WIEDER EIN FASZINIERENDES NATURSCHAUSPIEL
HIER GIBT'S NICHTS ZU SEHEN!
FIEP ...
FIEP ...
FIEP ...
UND KEINE BLÖDEN SPRÜCHE!!
SCHWELLT RUHIG WIEDER AB!!!
ES WAR MILLIONEN JAHRE SO, UND ES WIRD MILLIONEN JAHRE SO BLEIBEN!

FRAUEN-BAUM!!
FRAUENBAUM!!
FRAUEN-BAUM!!

ICH WILL NUR ZU EFFI UND PEFFI!!!
DAS SIND AUCH FRAUEN!
FLOP GEHT IN ORDNUNG, LASST IHN HOCH!
ER IS'N KERL! WAS HAT'N KERL AUF'M FRAUENBAUM ZU-
LASST IHN HOCH, ODER ICH FLETSCHE DIE ZÄHNE!!!
WIR HATTEN HIER GRAD 'NE INTERNE BESPRECHUNG. WAS GIBT'S?
WIESO FRAUENBAUM?
SEUFZ...
STÖHN...
DOPPELSEUFZ...
ICH HAB IHN FAST GERIMMT!! ABER DANN MUSSTE DIESER RUDOLF JA DEN FAUSTKEIL ERFINDEN!!
FLOP, DEINE BRUNSTBESCHWERDEN IN EHREN, ABER KRIEGST DU NOCH MIT, WAS HIER GERADE ABGEHT?!!

WAS GEHT DENN HIER AB?
NUR DIE MÄNNCHEN SOLLEN SICH AUFRICHTEN!
NA, SEID DOCH FROH, DA KÖNNT IHR AUF ALLEN VIEREN BLEIBEN!
KLAR! DAMIT NUR DIE GEHIRNE DER MÄNNCHEN WACHSEN!!
DIE HIRNE DER WEIBCHEN KÖNNEN RUHIG KLEIN BLEIBEN!
ABER VIELLEICHT IST ES JA GAR NICHT GESUND, WENN UNSERE GEHIRNE GRÖSSER WERDEN!
UND DAS MIT DEM AUFRECHTEN GANG SETZT SICH NIEMALS DURCH! DAS FÜHRT ZU PROBLEMEN MIT DER WIRBELSÄULE UND SIEHT BESCHEUERT AUS!
AUSSER BEI IHM NATÜRLICH, MIT SEINEN SEXY KURZEN O-BEINEN!!!
UND SOLANGE ALPHAMÄNNCHEN BESTIMMT, WO'S LANG GEHT, BLEIBEN WIR SOWIESO ALLE AUF'M BAUM!

JA, SOLANGE ALPHAMÄNNCHEN BESTIMMT, WO'S LANGGEHT...
WARUM SAGST DU DAS SO UNHEILSCHWANGER?
FLOP, WAS ICH DIR JETZT SAGE, ERZÄHLST DU KEINEM WEITER!
UNSER ALPHA-MÄNNCHEN KRIEGT KEINEN MEHR HOCH!
?!
ÄH ... WIE JETZT?
ALLE WEIBCHEN WISSEN ES, ABER KEINE TRAUT SICH, WAS ZU SAGEN!
VERSCHWINDE!! ZIEH LEINE!!!
ABER ER BESPRINGT DOCH JEDES PLOPPENDE WEIBCHEN!
WEIBCHEN PLOPP NICHT, WEIBCHEN HABEN IHREN EI-SPRUNG!!

NATÜRLICH.
ALLES NUR SHOW! SEIN PIMMEL BAUMELT DEN MÄDELS ZWISCHEN DEN SCHENKELN!
ABER... ER MUSS DOCH WISSEN, DASS DIE WEIBCHEN WISSEN, DASS ER...
SICHER WEISS ER DAS!

WAHRSCHEINLICH HAT ER AUCH ZIEMLICHEN STRESS!
UND WAS MACHT IHR NUN MIT EUREN BLINKENDEN ÄRSCHEN?
WIR HABEN KEINE BLINKENDEN ÄRSCHE, WIR HABEN GESCHWOLLENE VULVEN!!!
HAHA! VULVEN!!
OK, SORRY.
ICH SAG NICHTS MEHR.
MUSS MICH AUCH NICHT INTERESSIEREN, ICH BIN JA ZWANGSHOMOSEXUELL.
DU BIST NICHT ZWANGSHOMOSEXUELL, DU BIST EINFACH NUR HOMOSEXUELL!
ABER DAS HÄTTE FORTPFLANZUNGSTECHNISCH KEINEN ZWECK!
WIR SIND AUCH HOMOSEXUELL.
WIR KÜMMERN UNS FORTPFLANZUNGSTECHNISCH UM DIE KINDER VON PEFFIS SCHWESTER, WENN DER MAL WIEDER DIE NERVEN DURCHKNALLEN!
SIE HAT FÜNFLINGE!

BRAUCHT DRINGEND MANCHMAL 'NE MÜTTERGENESUNGSKUR, DIE GUTE!
HUNGER!!
SPIELEN!
DURST!
HALLO, TANTE PEFFI!!
WIR WERDEN DEMNÄCHST ADOPTIEREN, WENN MAL WIEDER 'NE MUTTER GEFRESSEN WIRD ODER SO. ES GIBT SO VIEL LEID IN DER WELT...
AHA?
UND MUSS ICH JETZT AUCH ADOPTIEREN?
WÄRE SINNVOLL!
ABER BIS DAHIN KANNST DU HELFEN, DIE GRUPPE ZU BEFRIEDEN, UND AGGRESSIVEN MÄNNCHEN WIE EREC DEN RÜCKEN LAUSEN!
JA, GUT. DAS LIEGT MIR AUCH MEHR!
HM!
UND SEINE LÄUSE SCHMECKEN SO GEIL!!!
SEUFZ...
KOMM, WIR GEHEN EINEN TRINKEN.

SCHLAB SCHLAB
SCHLÜRF
SCHLAB
GENAU GENOMMEN STERBEN WIR ALSO GERADE AUS, ODER WAS?! EIN IMPOTENTES ALPHAMÄNNCHEN IST DOCH –
JA, BRÜLL NOCH LAUTER!!!
ENTSCHULDIGUNG, DASS ICH MIR GEDANKEN UM UNSERE ARTERHALTUNG MACHE!
NA, KEINE SORGE!
DIE WEIBCHEN BRÜNSTEN ALLES AN, WAS NICHT SCHNELL GENUG VON DEN BÄUMEN IST!

JA, ABER DAS FUNKTIONIERT JA NICHT.
KLAR FUNKTIONIERT DAS! AUF WELCHEM BAUM LEBST DU DENN? FICKEN DOCH ALLE HEIMLICH KREUZ UND QUER!
WAS?!!
DAS IST GEGEN DIE NATUR! DAS HIER IST EIN HAREM-SYSTEM! DIE MÄNNCHEN SIND ZWANGS-HOMOSEXUELL! DA SOLLEN SICH DIE WEIBCHEN EIN ANDERES ALPHAMÄNN-CHEN SUCHEN!
SEI DOCH LEISER, VER-DAMMT!!

NEIN, NEIN, NEIN, BEI DEM THEMA HAB ICH NULL TOLERANZ! ZWANGSHOMOSEXUALITÄT IST EIN HOHES GUT!
DIE LAGE IST PREKÄR! WIR WARTEN WER VON DEN RANGHÖHEREN SICH AUF DEN CHEFSESSEL SETZT! WENN ES NÄMLICH EREC WIRD, MÜSSEN WIR ALLE RUNTER VOM BAUM!!!
OH BITTE, WENN EREC ALPHAMÄNNCHEN WIRD UND ICH HILFLOS ZUSEHEN MUSS, WIE ER DIE WEIBCHEN BEFRUCHTET, GEH ICH INS WASSERLOCH! ICH SCHWÖRE, ICH GEH INS WASSER-LOCH!!
NA, RUNTER VOM BAUM IST SCHON RICHTIG.
ACH JA? ERZÄHL MEHR!
HALLO, ES GIBT KAUM NOCH BÄUME, SCHON MAL AUFGEFALLEN? VOR KURZEM WAR HIER NOCH DICHTER REGENWALD!
JETZT KOMM DU MIR AUCH NOCH MIT KLIMAWANDEL!

LIMAWANDEL IST REALITÄT! WIR MÜSSEN UNS DER SAVANNE ANPASSEN!!
?!
UND ANPASSEN HEISST WAS?! WILLST DU MIT DEN IDIOTEN AUF DEN HINTER-BEINEN IN DIE NO-GO-AREA LATSCHEN?!
UNTER UMSTÄNDEN MÜSSEN WIR MIT DEN IDIOTEN IN DIE NO-GO-AREA LATSCHEN, DA WIRD UNS WENIG ANDERES ÜBRIGBLEIBEN! WEIL WIR NÄMLICH KAUM NOCH WAS ZU FRESSEN HABEN AUF DEN BÄUMEN, DAS –
DIE ROBUSTEN!
?!
?!

?!
PEEENISKNOCHEN...
SIE HABEN NOCH PENISKNOCHEN! WIE GEIL IST DAS DENN?!
?!
PENISKNOCHEN! ICH FASS ES NICHT...
WIR HABEN'S GEHÖRT! KRIEG DICH WIEDER EIN!

SIE SAHEN AUS WIE WIR, NUR GRÖSSER UND STÄMMIGER!
SIE HABEN KAUM NOCH FELL, SO WIE EREC, MAN SIEHT VIEL HAUT!
UND AUF DEM KOPF HABEN SIE EINEN SAGITTALEN KAMM! SIEHT COOL AUS!
BISSCHEN PUNKIG!
SIE ZOGEN SICH MIT LANGEN DÜNNEN STÖCKCHEN TERMITEN AUS DEM BAU!
UND FRASSEN SIE!
LANGE DÜNNE STÖCKCHEN?!
TERMITEN-ANGELN!

HAB ICH AUCH SCHON HERGESTELLT! ABER OHOO, FAUSTKEIL!! IST JA SO UNIVERSELL, EUER FAUSTKEIL!!
JEDENFALLS, IM GEGENSATZ ZU DEN GERÜCHTEN WIRKTEN SIE EIGENTLICH GANZ KUSCHELIG.
„KUSCHELIG"!
NA JA, SIE GUCKTEN GENAUSO ÄNGSTLICH AUS DER WÄSCHE WIE WIR UND –
ICH HAB DIE AUCH MAL GESEHEN!
SIE SIND RIESIG UND HABEN GEWALTIGE ZÄHNE!! DAMIT ZERMALMEN SIE GANZE BAUMSTÄMME!!
UND WIR WISSEN JA, AUF WIE VIELEN BAUMSTÄMMEN WIR NOCH SITZEN!
ICH HAB GEHÖRT, SIE SCHIEBEN KLEINEN SÜSSEN ELEFANTENBABYS SCHILFROHRE IN DEN ARSCH UND BLASEN SIE AUF, BIS SIE PLATZEN!
WO HAST DU DAS GEHÖRT?!
ICH HAB'S GEHÖRT! MEHR MUSS ICH WOHL NICHT SAGEN …

JETZT KOMMT ALLE MAL RUNTER! DIE WAREN GANZ FRIEDLICH UND FRASSEN KEINE BAUMSTÄMME, SONDERN UNGEZIEFER! UND –
WAS IST LOS?!
DIE ROBUSTEN!
WO?!
AM TERMITENHÜGEL HINTERM WASSER-LOCH. KEIN GRUND, DICH AUFZU-RICHTEN!
SEUFZ...
AN UNSEREM WASSER-LOCH?!
NA JA... GIBT NUR EINS! IST ES UNSERES?
WIE VIELE?!
DREI. EINE KLEINE FAMILIE.
WEIBCHEN, MÄNNCHEN...
...UND EIN GANZ PUTZIG SÖHNCHEN!

GINGEN SIE AUFRECHT ?!
JA, UND DIE MÄNNER HATTEN NOCH DICKERE HODEN ALS DU !
UND SIE HABEN PENIS-KNOCHEN !
WO SIEHT MAN DAS HEUTZUTAGE NOCH ?!
STÖHN...
DAS MÜSSEN WIR ALPHA-MÄNNCHEN MELDEN !
DER WILL NICHT GE-STÖRT WERDEN, DER KOPULIERT GRAD !
...UND HAT DABEI KEINEN HART ! DA WÄRE SO'N PENISKNOCHEN PRAK-TISCH !
WAS ?! WAS HAST DU GESAGT ?!
OOPS...

SCHNAUF
SCHNAUF
SCHNAUF
?
IST WAS ?!
SCHLAPP-SCHWANZ!

SEUFZ ...
HOCK DICH HIN, WENN DU MIT MIR REDEST!
ICH SAGTE, HOCK DICH HIN, WIE EIN ANSTÄNDIGER PRIMAT!!
OK! WAS HAST DU ZU MELDEN, ICH HAB DAS GRAD NICHT VERSTANDEN!!
DU KRIEGST KEINEN MEHR HART!
ETWAS LAUTER BITTE! ICH HAB'S WOHL MIT DEN OHREN!!

DU BIST IMPOTENT!!!
NA ALSO! JETZT HABEN ES ALLE GEHÖRT!! WENN DU DICH JETZT BESSER FÜHLST
UND?! MEINST DU, ICH LEIDE NICHT DARUNTER?!
DIE WEIBER SIND AUCH NICHT MEHR DAS, WAS SIE MAL WAREN!
AUSSER ROSA ÄRSCHEN NICHT ZU BIETEN! KÖNNTEN SICH JA MAL EIN BISSCHEN BEWEGEN BEIM PAAREN!
WIE VIELE EINFALLSLOSE WEIBCHEN ICH BESPRUNGEN HABE! HUNDERTE! ES WAR ERMÜDEND, ABER ALLES FÜR DIE ARTERHALTUNG!
NA, OFFENBAR BIST DU JETZT DAS ALPHAMÄNNCHEN! HERZLICHEN GLÜCKWUNSCH!

TJA, UND JETZT?! WOHLVERDIENTER RUHESTAND, WÜRD ICH SAGEN!
ZEIT, ALTE FREUNDSCHAFTEN AUFZUFRISCHEN, WAS?!
HALLO, GUMPY!
ICH BIN'S, DER ALTE HABI!
SCHON KOMISCH, DA GIBT MAN EIN LEBEN LANG DEN BRUTALEN AUTOKRATEN, D PLÖTZLICH DREHT MAN DÄUMCHEN!
GANZ EHRLICH, MIT DEM AMT WIRD MAN AUCH 'NE LAST LOS!
DIKTATOR SEIN IST JA AUCH ANSTRENGEND!
ALL DIE MORALISCHEN KONFLIKTE! DIE VIELEN RIVALENMORDE!
UND KINDS-TÖTUNGEN!
SO WAS MACHT KEINER GERN!
ABER ICH WÜRDE SAGEN, DIES IST NICHT DIE ZEIT FÜR RACHEGELÜSTE!

VON DER GRUPPE VERSTOSSEN ZU WERDEN WÜRDE MEINEN TOD BEDEUTEN, UND DAS WILL JA KEINER!
JEDER HAT DAS RECHT AUF EINE ZWEITE CHANCE!
EIN BISSCHEN REUE KANN NIE SCHADEN!
ICH VERDRÜCK MICH EINFACH EIN PAAR TAGE UND BEDAURE!
ICH ÄCHTE MICH SOZUSAGEN SELBST UND KEHRE GELÄUTERT WIEDER!
WHAT THE FUCK...?!

PRIMATEN!
MORGEN FRÜH BEI SONNENAUFGANG...
...BELEGEN ALLE MÄNNCHEN DEN PFLICHT-KURS AUFRECHT GEHEN!!!

WIR HABEN LANGE GENUG PASSIV AUF DEM AST GEHOCKT!!
WIR HABEN LANGE GENUG ANGST GEHABT VOR DER WELT!

ICH VERSPRECHE EUCH: SCHON BALD ZITTERT DIE WELT VOR UNS!!!

DENN VON NUN AN GILT EINE EINZIGE MAXIME: WIR ZUERST!!
WIR ZUERST!!
SÄBELZAHNTIGER FRESSEN FLEISCH?!
GUTE IDEE!!!
FRESSEN WIR AUCH FLEISCH!!

DIE WEIBCHEN BLEIBEN AUF ALLEN VIEREN UND SAMMELN, UND WIR MÄNNCHEN RICHTEN UNS AUF UND JAGEN.!!
DAZU MÜSSEN WIR UNS VERMEHREN!! VON NUN AN DARF JEDES MÄNNCHEN AUF JEDES WEIBCHEN DRAUF!!
?!!
SEID FRUCHTBAR!!
MEHRET EUCH!!!
VON DIESEM AUGENBLICK AN IST JEDER SCHUSS EIN TREFFER.!!!
UND JETZT: AUF DIE HINTERBEINE!!!
ÄH... WAS HAT ER GESAGT?

AUFRECHT UNSERER GLORREICHEN ZUKUNFT ENTGEGEN!!
YEEAAAAAH!
AUFRECHT! AUFRECHT!!
AUFRECHT! AUFRECHT!
AUFRECHT!

DIE SIND JA TOTAL
RRE! WIR WERDEN
ERRECKEN DA
DRAUSSEN!
VORHER WERDEN WIR GEFRESSEN!
FRAGT SICH, WAS BESSER IST!
GEFRESSEN WERDEN! GANZ KLAR!
ES SEI DENN, ES KNABBERT DIR ERST DIE BEINE AB, BEVOR ES DIR DIE SCHÄDELDECKE ZERKNACKT!
IMMER NOCH BESSER, ALS -
HABT IHR BEIDEN DRAUFGÄNGER NOCH MEHR OPTIMISTISCHE ZUKUNFTSVISIONEN AUF LAGER?!

WIR SCHAFFEN DAS!! WIR HABEN UNSER HIRN!!
ACH JA, UNSER HIRN! DAS MIT DEM BEWUSSTSEIN!
SCHMECKT SICHER SUPER, UNSER BEWUSSTSEIN!
UND DER NÄCHSTE!!!
MIT DEN FÜSSEN VOR- UND ZURÜCK-SCHWANKEN!!
KOMBINIERTE UNTERBRECHUNGEN BEIM SCHWANKEN UND NEIGEN DER FUSSKNÖCHEL IN DIE ANDERE RICHTUNG!!
MIT DEN ZEHEN VORANSCHIEBEN, UM DIE GESCHWINDIGKEIT ZU HALTEN!!
BEUGEN UND STRECKEN DES KNIES, UM DAS VORWÄRTSFALLEN AUFZUHALTEN!!!
DAS SCHAFF ICH NIE!
UND GLEICH DER NÄCHSTE! ZACK ZACK!

AUFRECHT!
ICH KANN DAS NUR MIT ANLAUF!
WOW!
DER NÄCHSTE!
AUA AUA!! AUA!
DAS TUT NICHT WEH!
DOCH!
FLOP, JETZT DU!!
STÖHN...
NA LOS!!

DAS IST ZU VIEL HÜFTSCHWUNG!
NEIN, DAS IST MUT ZUR ELEGANZ!
?
HE! WEIBCHEN! AUF ALLE VIERE!!
ACH, SCHLECKT MICH DOCH!
?!
WIR SOLLEN UNS VON JEDEM BESTEIGEN LASSEN, DER GRAD EINEN HARTHAT! DAS IST JA WOHL DAS LETZTE!

WENIGSTENS MÜSSEN WIR DEN QUATSCH MIT DEM AUFRECHT GEHEN NICHT MITMACHEN!
WAS?! WENN WIR DEN QUATSCH NICHT MITMACHEN, SIND WIR AM ARSCH! WENN DIE KERLE SICH AUFRICHTEN UND WIR NICHT, HABEN WIR DIE NÄCHSTEN MILLIONEN JAHRE EIN ECHTES PROBLEM!!
GANZ DEINER MEINUNG!
DIE MÄNNCHEN JAGEN, DIE WEIBCHEN SAMMELN, WAS IS'N DAS FÜR 'NE AUFTEILUNG?! WENN WIR HOCKEN BLEIBEN, NEHMEN DIE UNS NICHT MEHR FÜR VOLL!
UND SPRINGEN EINFACH AUF UNS DRAUF, WENN DIE VULVA ROSA IST!!
UND SPRINGEN EINFACH AUF UNS DRAUF, WENN DIE VULVA ROSA IST, GANZ GENAU!
ANN SIND DIE VULVEN BEN NICHT MEHR ROSA!
?

WIR VERSTECKEN DEN EISPRUNG!
WAS?!
WIR SIGNALISIEREN DEN MÄNNCHEN NICHT MEHR, WANN WIR BEGATTUNGSBEREIT SIND! KEINE ROSA VULVA MEHR, BIS SIE UNS AUFRECHT GEHEN LASSEN!
DIE SOLLEN RUHIG MAL 'NE WEILE NICHT WISSEN, WOR
SIE BEI UNS SIND!
ABER...
DEN EISPRUNG VERSTECKEN IST BESTIMMT NICHT GESUND!
DA PLATZT MAN DOCH BESTIMMT IRGENDWANN!
HAT DAS VOR UNS SCHON MAL IRGENDWER GEMACHT?
NEIN. ABER ERSTENS PLATZEN WIR NICHT...
...UND ZWEITENS WÄRE PLATZEN BESSER, ALS SICH EIN LEBEN LANG IN BÜCKSTELLUNG VON DIESEN IDIOTEN DOMINIEREN ZU LASSEN!
PRIMATEN!
?!

SCHON BALD ZIEHEN WIR HINAUS ZUM HORIZONT!!!
R SCHLAGEN UNS DURCH!! VON BAUM ZU BAUM! VON FELS ZU FELS! ENTSCHLOSSEN! SELBSTBEWUSST!! RÜCKSICHTS-LOS!!!
WER IMMER DIESE ROBUSTEN SIND, WIR VERTEIDIGEN UNSER REVIER!!!
WIR WERDEN SIE JAGEN! WIR WERDEN SIE TÖTEN!! WIR MACHEN SIE PLATT!!!
WIR WERDEN DIE HERREN DER WELT!!!
OK. WIR VERSTECKEN DEN EISPRUNG.

HE!
BIMMI!
ICH DARF NICHT MIT DIR REDEN!
ICH WEISS, ABER ERINNERE DICH AN ALTE ZEITEN!
ICH HAB DICH DOCH EINIGE MALE SEHR SCHÖN BESPRUNGEN!
JA, UND DANN GLEICH DIE NÄCHSTE! HINTER JEDER GESCHWOLLENEN SCHAM-LIPPE WARST DU HER!
ICH WAR ALPHAMÄNNCHEN, ICH MUSSTE DAS TUN! FÜR DIE POPULATION! HÖR MAL, BIMMI ... NUN WARTE DOCH MAL!!

ICH DACHTE, VIELLEICHT KANNST DU ... MAL DISKRET BEI DEN MÄNNCHEN RUMHORCHEN, WER VON DENEN NOCH AUF MEINER SEITE IST.
DIE WOLLEN DOCH NICHT ALLE MIT EREC AUF DEN HINTERBEINEN INS VERDERBEN STOLPERN! DA MUSS DOCH –
?!
OH, WAS FÜR EINE WUNDERSCHÖNE LANDSCHAFT VON HIER UNTEN, WAS, BIMMI?! DAS WAR EINE SEHR GUTE IDEE VON EREC, VOM BAUM ZU STEIGEN!
EREC IST SOWIESO EIN SUPERTYP!!!
WIRKLICH EIN TOLLER HECHT, DIESER EREC!
ALSO, WAS SAGST DU? HÖR DICH MAL VORSICHTIG UM!
DAS IST POLITIK, DA MISCH ICH MICH NICHT EIN.
ABER ES GEHT UM DEN FORTBESTAND UNSERER ART! DU GLAUBST DOCH NICHT, DASS WIR IN DER SAVANNE –
HABI ... NIEMAND IST MEHR AUF DEINER SEITE.
DARIN SIND SICH ALLE EINIG: HABILIS ZEIT IST VORBEI!

DIE ZUKUNFT GEHÖRT ERECTUS! SO NENNT ER SICH JETZT! DER AUFGERICHTETE!
ES TUT MIR SO LEID, HABI! ABER ICH KANN JA AUCH NICHTS DAFÜR, DASS DU EREKTIONSPROBLEME HAST!
SCHNÜFF
DAS GEHT HALT NICHT, ALPHAMÄNNCHEN MIT EREKTIONSPROBLEMEN...
DAS WAR DOCH NUR DER STRESS!
VON DER GRUPPE AUSGESTOSSEN ZU SEIN IST FURCHTBAR, BIMMI...
HÖR DICH EINFACH MAL UM! UND SAG IHNEN, WENN ICH WIEDER LEITTIER BIN, KÖNNEN WIR ALLE ZURÜCK AUF DIE BÄUME!
SCHNÜFF...
LEB WOHL, HABI...
DU HAST IMMER NOCH SEHR SCHÖNE ZITZEN, BIMMI!!
SEHR, SEHR SCHÖNE ZITZEN!
SCHNÜFF

HE!! FLOP UND GROG!
IHR ZWEI SEID JETZT LEBENSMITTEL-PRÜFER! IHR SUCHT ABSEITS NACH UNBEKANNTEN FRESSALIEN UND KOSTET SIE VOR!
SAGT WER?
SAGE ICH!
SEIT WANN?
SEIT EREC MIR GESAGT HAT, DASS ICH WAS ZU SAGEN HABE!
ALSO SCHLAGT EUCH IN DIE BÜSCHE UND SUCHT NACH FRÜCHTEN, BEEREN, SAMEN UND TERMITENHÜGELN!
IHR WOLLT JETZT AUCH TERMITEN FRESSEN?! ERNSTHAFT?!
WAS DIE ROBUSTEN FRESSEN, FRESSEN WIR SCHON LANGE!
WEG-TRETEN!

OK ... SUCHEN WIR ABSEITS NACH LEBENS-MITTELN!
... WAREN DIE LETZT WORTE DES LEBENS MITTELS.
WIR ENTFERNEN UNS EINFACH NICHT ALLZU WEIT VON DER GRUPPE UND ACHTEN EIN BISSCHEN AUF RAUBTIERE!
JA, EIN BISSCHEN!
ES BRECHEN NEUE ZEITEN AN, WER WEISS, WO'S HINFÜHRT!
JA.
ZUMINDEST MÜSSEN WIR KEINE EIER MEHR LECKEN!
NEIN.

IST ZUM GLÜCK VORBEI!
JA.
BRACHTE AUCH NIE WAS, FORTPFLANZUNGS-TECHNISCH.
NEIN.
WAR AUCH NIE WIRKLICH'N VERGNÜGEN, MIT'M KERL! OBWOHL ... MANCHMAL WAR'S OK!
JA.
MIT DIR WAR'S OK.
JA, DANKE ... MIT DIR AUCH.
ABER WOW, ENDLICH MAL WEIBCHEN FICKEN, WAS? KANN'S KAUM ERWARTEN!
JA, KANN'S AUCH KAUM ERWARTEN!
ALLERDINGS ... SCHON MAL AUFGEFALLEN? KEIN ROSA ARSCH IN LETZTER ZEIT!
ACH NEIN?
NEIN. NUR UM EREC PLOPPEN SIE RUM!
KARRIERESCHLAMPEN!
PLOPP
PLOPP
ABER SO GESEHEN IST ALLES BEIM ALTEN! NUR DAS ALPHA-MÄNNCHEN KOMMT ZUM SCHUSS!

ABER WOMÖGLICH SOLLTEN WIR NICHT MEHR IN ALLER ÖFFENTLICHKEIT...
HM.
KOMM MIT, ICH HAB 'NE NEUE PRAKTIK DRAUF.
STRECK MAL DIE ZUNGE RAUS.
WIESO?
FLOP, WAS WIRD DAS?
HATTE ICH JE 'NE SCHLECHT IDEE?!
?!!
WAS ZUM GEIER -
MACH DABEI DIE AUGEN ZU, DAS HILFT!
FLOP, EIERLECKEN WAR OK, ABER DAS IST JETZT GRENZWERTIG!
UND VOR ALLEM MACH ICH DIE AUGEN ZU, HIE AUFM FUSSBODEN!
ACH JA, RAUB TIERE!

WIRKLICH VERBLÜFFEND, BEIM SEX SETZT DER VERSTAND KOMPLETT AUS!
TOLL!
FRAGT SICH, OB DAS NOCH SEX IST, SICH GEGENSEITIG AN DEN ZUNGEN ZU LECKEN!
STELL ICH MIR SEHR INTENSIV VOR ...
STELL ICH MIR SEHR ABARTIG VOR!
MIT DIR STIMMT WAS NICHT, FLOP! WEIBCHEN FICKEN WIRD DIR GUTTUN!
KOMM, ICH LECK DIR DIE EIER! PASS DU AUF DIE RAUBTIERE AUF!
NEIN, PASS DU AUF DIE RAUBTIERE AUF!
OK, PASSEN WIR EBEN BEIDE AUF DIE RAUBTIERE AUF!
... UND PRÜFEN LEBENSMITTEL!
HIER UNTERM KACKHAUFEN WACHSEN KLEINE PILZE!
WAHRSCHEINLICH VERRECKEN WIR AN MAGENKRÄMPFEN.
ODER ES SIND PROTEINBOMBEN.

SIE SIND ZUMINDEST NICHT ROT!
DAS IST DIE SICHERHEITSGARANTIE?! SIE SIND NICHT ROT?
OK, WER FRISST?
DU!
WIESO ICH?
BLÖDE FRAGE, WEIL DU DANN VERRECKST, NICHT ICH!
JEDER'N HALBEN!
OK.
DASS SIE UNTERM SCHEISSHAUFEN WACHSEN, STÖRT UNS NICHT?
TU NICHT SO KULTIVIERT.

IST DAS NICHT ALLES WUNDERSCHÖN?
JA. WUNDERSCHÖN!
HIER BIN ICH!!
HAALLOO!!!
HIER!!!
FLOOP!! HÖRST DU MICH?!

DAS IST NICHT FARB-ECHT!
DAS IST HIER ALLES NICHT FARB-ECHT!
ICH HAB GANZ HEISSE OHREN...

WOOW...
FREUNDSCHAFT, SELTSAMES WESEN... FREUNDSCHAFT!
FIEP...

UNSERE EXISTENZ UNTERSCHEIDET SICH VON ALLEM ANDEREN DURCH UNSEREN BEZUG ZUM NICHTS!
ABSOLUT DEINER MEINUNG!
ABSOLUT!

KLICK
TAK
KLICK
KLACK
KLICKER
TAK
KLACKERTAKKLICKERTAKKLACKERTAK

KLACKER TAK KLICKER TAK KLACKER TAK KLICKE
ROB!
?!!
OH.
HI!

HU-UH!?
R FRAGT STIMMT, WAS R HIER GERADE ACHEN?
WAS MACHEN WIR HIER EI-GENTLICH?
ÄHM...
SPASS? FREUDE?
UMSETZUNG VON RHYTHMUS IN BEWEGUNG?
AUSGELASSENE HANDLUNG, DIE AUF HEITERKEIT AB-ZIELT?
DIESER PENIS-KNOCHEN! ICH HALT'S ÜBERHAUPT GAR NICHT AUS...
ROB!!

JA, GENAU ... GEH LIEBER WIEDER ZU DEINEN LEUTEN!
UND HALTET EUCH VON UNS FERN!
WIR SIND KEINE SEHR LIEBENSWÜRDIGE SPEZIES...
SCHNÜFF SCHNÜFFEL
ROB!!
UND NEIN, WIR HABEN KEINEN PENISKNOCHEN MEHR!
HAT SICH IRGENDWANN ZURÜCKGEBILDET!
GUCK DA NICHT SO HIN, DAS IST MIR PEINLICH!
SCHLABB!!
ROB!

AS SINNLOSE EXPRAKTIKEN GEHT, HAST DEINEN MEISTER GEFUNDEN.
ICH WILL ZURÜCK AUF ALLE VIERE UND FÜR DEN REST MEINES DASEINS MIT IHM KNUTSCHEN!
DANN WÜRDE NICHT VIEL AUS DIR...
ABER DIE STAGNATION WÄRE ULTRAPENG!
HE! EFFI!
DAS KLAPPT NICHT MIT DEM EISPRUNG-VERSTECKEN!
DIE WEIBCHEN SIND SO WAS VON WUSCHIG!
WAS?! WIR VERSTECKEN DOCH ERST SEIT ZWEI WOCHEN!
EBEN! UND ICH BRECHE DAUERND IN SCHWEISS AUS, SCHLAFE BESCHISSEN UND BIN INKONTINENT!

AUSSERDEM STERBEN WIR RUCKZUCK AUS, WENN WIR NICHT MEHR FICKEN!
EINIGE WEIBCHEN MACHEN EH NICHT MIT! DIE FUNZEN EREC AN, DASS ES NUR SO PLOPPT!
KARRIERE-SCHLAMPEN!
MAG SEIN, ABER IC LASS MICH AUCH VO EREC BESPRINGEN DER IST SO SEXY!!
DIESER PRALLE HODENSACK!
UND WIE ER UNTER DEN ARMEN RIECHT!
KNIRSCH...
DAS BREITE, SINNLICHE MAUL UND DIE KURZEN O-BEINE!
WAS HABEN DIE PLÖTZLICH ALLE?! GEHE BEI JEDER GELEGENHEIT AUF DE HINTERBEINEN! ALS ICH JÜNGER WA LIEF ICH TÄGLICH EIN PAAR RUNDEN UM DEN BAUM!
UND
DA HÖRT IHR'S! UND JETZT TUN DIE MÄNNCHEN SO, ALS HÄTTEN SIE WAS ERFUNDEN!
SCHON MEINE MUTTER LIEF GERN AUF ZWEI BEINEN! HÄL FIT, MACHT SPASS UND NE GUTE FIGUR!

WÄHREND DIE MÄNNCHEN NUR MIT IHRER BRUSTBEHAARUNG UND IHREN PRALLEN EIERN IMPONIEREN WOLLEN, DIE IDIOTEN!
NA, WENN'S UM EROTISCHE SIGNALE GEHT...
?!
?
??
?!
WOW!
WAS... IST DENN DAS ?!
DAS IST 'NE GUTE FIGUR!
?!!
MIT DER ZEIT SCHWELLEN DIE BRUSTDRÜSEN AN. ICH FINDE, DAS HAT WAS!
ABER HALLO!

DAS IST SAGENHAFT!
GUCKT EUCH MEINE HÜFTEN AN! DIE SIND BREITER!
UND DEIN HINTERN WÖLBT SICH!
UND ICH HAB STARKEN HAARAUSFALL!
?!
UND DAS KOMMT VOM AUFRECHT-GEHEN?!
UND FINDEN DIE MÄNNCHEN DAS SEXY?!
BOAH!
WOW!!
JA. FINDEN SIE!

?!
ÄH...
ICH GLAUB, HABI IST KADAVER!

OH. RAUBTIER?
FAUSTKEIL.
?!
?!
DU MEINST…
UND, FLOP, FINDEST DU EREC IMMER NOCH SEXY?
OK, ICH GEBE ZU, ER IST EIN BISSCHEN SEHR DURCH-SETZUNGSWILLIG…
HÄTTEST DU AUF'M BAUM DEIN GESCHWÄTZIGES MAUL GEHALTEN UND NICHTS VON HABIS IMPOTENZ ERWÄHNT –
KREIS.
OJE… BIMMI.
SIE HATTE IHN GERN…
WARUM NUR?
HABI?!

SCHLUCHZ!!!
DAS HALT ICH NICHT AUS. LASST UNS IRGENDWO FRÜHSTÜCKEN!
WIR KÖNNEN IHN DOCH NICHT EINFACH SO HIER LIEGENLASSEN!!
NA, WAS SONST? WILLST DU 'NE LEICHE MITSCHLEPPEN IN DIE GLORREICHE ZUKUNFT?
STÖHN..
ICH BLEIBE BEI IHM!!!
DU KOMMST SCHON NACH, WENN ER STINKT!
ABER IRGENDWELCHE TIERE WERDEN IHN FRESSEN!!
RESTE-VERWER-TUNG!
IMMER ÖFTER DAS GEWESE UMS VERWESEN IN LETZTER ZEIT!
SCHNÜFF..
BIMMI...
BIMMI, ICH HAB'N VORSCHLAG.
WIR VERBUDDELN HABI! DANN IST ER ... NA JA ... WEG!
VER-BUDDELN?!

SIEHST DU? NUN KANNST DU IHN VERGESSEN, UND ER STINKT HIER NICHT RUM!
WIR LEGEN NOCH EIN BLÜMCHEN DRAUF.
EIN BLÜMCHEN?! WOZU DAS DENN?!
IHR HABT IHN VERGRABEN?!
NA, KEINE AHNUNG, EINFACH SO! WEIL ER ALPHAMÄNNCHEN WAR!
UND ÜBERHAUPT...
DAMIT IHN KEINE TIERE FRESSEN! NICHT WAHR, BIMMI?
JA... SCHNÜFF
WIESO, DANN FRESSEN IHN DIE MADEN!
STÖHN...
SCHLUCHZ!!!

WENN ICH MAL KADAVER BIN, LÄSST DU MICH AUCH EINFACH LIEGEN?
NA SICHER!
HM.
WAS?!
VERGRABEN IST ZWECKLOSER ENERGIEAUFWAND UND EGOISTISCH!
IRGENDWAS WIRD SATT!
UND ICH?! BIN DIR EGAL?!
DU HAST GESAGT, WENN DU KADAVER BIST!
KADAVER IST EGAL!
ALSO, WENN DU MAL KADA-
WERD ICH JA NICHT!
ALLES WIRD IRGENDWANN KADAVER!
ICH NICHT!
DA BRAUCHST DU GAR NICHT SO ZU GUCKEN!!

NEIN, NEIN, VERDRÄNG NUR WEITER!
BOAH, DU MACHST JETZT ABER ECHT'N FASS AUF!
HE!! FLOP!!
ES IST SO WEIT, WIR GEHEN JAGEN!
DU KOMMST MIT!
OH ... NEIN DANKE, JUNGS ... ICH BIN MEHR SO DER SAMMLERTYP!
TJA. ABER ALPHAMÄNNCHEN SAGT, DU KOMMST MIT!
ALSO KOMMST DU MIT!
OK, WENN DABEI IRGENDWAS VON DIR ÜBRIG BLEIBT UND ICH KOMM DA RAN, VERGRABE ICH'S, VERSPROCHEN

UND WAS SOLL ICH MIT DEM STOCK?!

TIERE AUFSPIESSEN! DICH VERTEIDIGEN!
WENN DER SÄBELZAHN-TIGER AUF DICH ZUSPRINGT, DIREKT AUFS MAUL ZIELEN!
JA, DAS WIRD HELFEN!

DAS WICHTIGSTE AUF DER PIRSCH IST RUHE!!! SCHÄRFE DEINE INSTINKTE!!!
MEIN INSTINKT WILL WEITER HÜLSENFRÜCHTE KNACKEN! VON MIR AUS AUCH MIT'M FAUSTKEIL! WILL MICH DER ZUKUNFT JA NICHT KOMPLETT VERSCHLIESSEN!
HÖRST DU DAS GRAS RAUSCHEN?! HÖRST DU ALL DAS BRUMMEN, PIEPEN UND ZIRPEN?
ICH HÖR'S.
EINS DIESER GERÄUSCHE WIRD UNSERE BEUTE SEIN!
NA, ICH HOFFE, DAS GRAS!
GEIER!
UNSERE BEUTE IST DA!
IHR WOLLT AUF DIE GEIER LOS?! DIE HABEN VERDAMMTE SCHNÄBEL, DIE GEIER!
PSSST.!!

ICH GUCK LIEBER NICHT HIN! WAS IST DA ?!
EIN GNU!
UND DAS WOLLT IHR JETZT JAGEN, DAS GNU?
GENAU. LEIDER IST DA NOCH EIN LEOPARD!
EIN LEOPARD ?! DA IST EIN LEOPARD ?!!
WIR WARTEN, BIS ER WEG IST!
OH, GUT! WIR WARTEN, BIS DER LEOPARD WEG IST! SEHR GUT!
DAS IST INSTINKT, FLOP! INSTINKT!!
UND ?!
DER LEOPARD IST WEG. JETZT SIND DA DIE GEIER!

ÄH ... KORRIGIERT MICH, WENN ICH WAS MISSVERSTEHE, ABER DAS GNU IST SCHON TOT, ODER WAS ?!
HALLO ?! JAGEN WIR HIER GRAD EIN TOTES GNU ?
JETZT KOMMEN AUCH NOCH HYÄNEN !
SCHEISS - AASFRESSER ...
SOBALD DIE WEG SIND, ER LEGEN WIR D GNU !

DAS BEREITS TOTE.
FLOP, DU HAST DAS MIT DER INTELLIGENZ NOCH NICHT VERSTANDEN! WIR SIND IN JEDER LEBENSLAGE KREATIV!
AB ICH DOCH GESAGT: JAGEN T MÄNNCHENSACHE UND ICHTS FÜR EIERLECKER...
HM!
DIE HYÄNEN SIND WEG!
DA SIND NOCH FLIEGEN! DIE WARTEN WIR NOCH AB, DIE FLIEGEN!
DIE FLIEGEN ABWARTEN?
NA GUT! WIR SCHLEICHEN UNS AN!
DU VON RECHTS, ICH VON LINKS!
UND DANN BLITZANGRIFF!!
?

HA!!
ERWISCHT!
IN DIE FLANKE!!
SCHNELL IN DIE FLANKE!!
HA!! NIMM DAS!
GUT!
DIE WELT ALS WILLE UND VORSTELLUNG.

WAS SOLL DAS HEISSEN, IHR KRIEGT KEINE ROSA ÄRSCHE MEHR?

DAS HEISST, WENN WIR AUFRECHT GEHEN, SCHWELLEN UNSERE VULVEN NICHT MEHR AN!

DA TRIFFT ES SICH JA GUT, DASS IHR ERST GAR NICHT AUFRECHT GEHT!
HÖ HÖ...
WEIBCHEN UND LOGIK...
ABER DURCH DEN AUFRECHTEN GANG KRIEGEN WIR TAILLEN UND HÜFTEN!
UND GROSSE ZITZEN!
UND GROSSE ZITZEN!
?
?!
?
?!
BOAH...

UND WIESO NICHT GROSSE ZITZEN UND TROTZDEM RO ÄRSCHE?
?!
DARUM! MIT GESCHWOLLENEN VULVEN WATSCHELT'S SICH SCHLECHT DURCH DIE SERENGETI!
PLOP!
ABER WAS IST JETZT DIE VERHANDLUNGSBASIS? WIESO SOLLTEN WIR DEN VERSTECKTEN EISPRUNG GUT FINDEN?!
GENAU, WAS BIETET IHR AN STATT ROSA ÄRSCHEN?
DIE ZITZEN SIND JA SCHON MAL WOW...
SEX!
NICHT NUR EINMAL FÜNFZEHN SEKUNDEN IM FRÜHLING!
DAS GANZE JAHR ÜBER FICKEN!
?!!
?!
?!!

ZU JEDER ZEIT BEI BEIDERSEITIGEM EINVERSTÄNDNIS EMPFÄNGNISBEREIT! DAS GANZE JAHR, JEDEN TAG, JEDE NACHT, IMMER!
OK, DEAL!
MOMENT! WAS WAR DAS FÜR'NE KLAUSEL MIT GEGENSEITIGEM EINVERSTÄNDNIS?!
GUT, JUNGS, ICH BIN BEIDERSEITS EINVERSTANDEN! WER WILL?!
STÖHN...
NA LOS!! NICHTS GEHT ÜBER EINE ALTBEWÄHRTE ANGESCHWOLLENE JUBELSCHWAPPE!!!
ÜBERLEGT ES EUCH GUT!
IN FÜNFZEHN SEKUNDEN IST ES VORBEI, UND IHR GUCKT SIE NICHT MEHR AN!!
GRUNZ...
TJAJAA! ABER DIE FÜNFZEHN SEKUNDEN HABEN'S IN SICH!!!
UND JA, IHR KÖNNT DANACH FREI EURER WEGE GEHEN! BEI MIR BESTEHT KEIN ZWEIFEL, WER DER KINDSVATER IST!!

BEI DER DA KÖNNTE JA JEDER KOMMEN, DAS GANZE JAHR ÜBER !!!
GENAU.
DARUM BEHALTET IHR UNS AUCH NACH DER BEGATTUNG IM AUGE, DAS FÜHRT IM BESTEN FALLE ZU EMOTIONALER BINDUNG UND FÜRSORGLICHKEIT!
UND IM ZWEITBESTEN FALLE ZU KONTROLLIER-GEHABE UND EIFERSUCHT.
HM.
UND ZACK FÜHLT IHR EUCH MITVERANTWORTLICH FÜR DEN NACHWUCHS!
WOLLT IHR DAS ETWA ?!
FAMILIEN-LEBEN ? MONO-GAMIE ?!!
ACH NÖ, ALSO... MONOGAMIE...
ALSO, WAS NUN, FÜNFZEHN SEKUNDEN DICKE SCHWAPPE ODER GANZJÄHRIG GESCHWUNGENE HÜFTEN UND GROSSE BRUSTBEUTEL ?!
SCHMATZ SCHMATZ
BOAH, DAS IST JETZT ECHT SCHWER...

DAS IST DAS EKELHAFTESTE, WAS MIR JE PASSIERT IST!
WARUM SIND WIR NOCH MAL RUNTER VOM BAUM?!
DA GAB'S NUR ROHKOSTSALAT!
NA TOLL, NUN GIBT'S GAMMELFLEISCH!
FLEISCH FRESSEN MACHT DAS GEHIRN GRÖSSER!
UND DER DARM WIRD KÜRZER! DAS SPART ENERGIE!
DER DARM WIRD KÜRZER?! WOHER WISST IHR DAS ALLES?!
INSTINKT, FLOP! INSTINKT!
GRÜNZEUG NIMMT IM VERDAUUNGSTRAKT ZU VIEL PLATZ EIN UND BLEIBT ZU LANGE DRIN!
UND?!
WIR HABEN DOCH ZEIT!

MÜSSEN WIR JETZT SCHON SCHNELLER KACKEN ?!
ICH FRESS KEIN FLEISCH!
AUF KEINEN FALL!
AUS-GESCHLOSSEN!!
MACH'S MAUL AUF.
EREC, ICH …
KRÄCHZ …
MACH DEIN MAUL AUF …
SCHMATZ
KNURPS

ICHKANNDAS NICHFRESSEN...
AUF!
ÄCHZ!
BEHALT'S DRIN!
WÜRG!!
KAU DURCH!
JA, GUUUT!
JETZT SCHLUCK!!
EREC...
KOMM, DU SCHAFFST DAS!
HNFH...

SCHNAUF SCHNAUF ...
GÄÄÄH !!
GULP
GUT MACHST DU DAS!
UND NOCH MAL !!!
EREC, BITTE ...
KOMM, NOCHMAL! MACH'S AUF!
WÜRG!
SCHNAUF SCHNAUF...
WÜRG!
ÄCHZ
SCHNAUF SCHNAUF...
WAS SOLL ICH NUR MIT DIR MACHEN, FLOP ?!

RÜLPS...
KLACK
KLACK KLACK
KLACK
KLACK
HE GROG...
EREC HAT MICH ZUM FLEISCHFRESSEN GE-ZWUNGEN!
ICH WEISS, UND DU HATTEST DABEI 'NE EREKTION!
HATTE ICH NICHT!
KLACK KLACK KLACK
HATTEST DU DOCH!
WIRKLICH?! GAR NICHT MITGEKRIEGT...
ABER KLAR, WAR IMMER MEINE PHANTASIE, DASS EREC MICH DAZU BRINGT, IRGENDWAS ZU SCHLUCKEN!
KLACK KLACK
ABER FLEISCH? MIR IST SCHLECHT, UND ICH KRIEG DURCHFALL!

KLACK KLACK KLACK KLACK KLACK
ENTWEDER ES IST DURCHFALL, ODER MEIN DARM IST SCHON KURZ …
WAS MACHT ZIPPO DENN DA?
KLACK KLACK
FLOP, WIR SOLLTEN IN DER ÖFFENTLICHKEIT BESSER NICHT SO LANGE MITEINANDER REDEN!
WAS?
KLACK KLACK KLACK
EREC HAT EIN AUGE AUF UNS.
KLACK KLACK
WAS MEINST DU DAMIT?
KLACK KLACK KLACK
MÄNNCHEN, DIE MÄNNCHEN BESPRINGEN, SIND KONTRAPRODUKTIV! WIR SOLLEN UNS VERMEHREN!
KLACK KLACK
UND? GIBT DOCH GENUG MÄNNCHEN, DIE AUF WEIBCHEN STEHEN! MUSS MAN DENN JEDE MODE MITMACHEN?!
KLACK
DU KAPIERST ES NICHT! ICH BESPRINGE AB JETZT VORSICHTSHALBER WEIBCHEN!
KLACK KLACK KLACK
NA, VIEL SPASS!
DANKE.
KLACK KLACK
PASS AUF DICH AUF, FLOP! EREC IST ALLES ZUZUTRAUEN!
QUATSCH. EREC WOLLTE SICH VOR KURZEM NOCH SELBST VON MIR RIMMEN LASSEN!
KLACK KLACK
WAS?
NEULICH AUF'M BAUM! ICH HAB IHN GELAUST UND HATTE PLÖTZLICH SEINEN GEILEN ARSCH VORM BLICKFELD!

ECHT ?! DU HAST EREC DEN–
NEIN. IRGENDWIE WURDE DIE ERFINDUNG DES HANDWERKZEUGS FÜR EPOCHALER BEFUNDEN!
KLACK
KLACK
KLACK
KLACK
DAS KONNTE KEINESFALLS NE VIERTEL-STUNDE WARTEN!
SIEHST DU, FLOP, UND GENAU DIESE ANEKDOTE SOLLTEST DU WIRKLICH, WIRKLICH FÜR DICH BEHALTEN, SONST ENDEST DU MIT SEINEM FAUST-KEIL IM HIRN!
KLACK!
KLACK!
KLACK!
KLACK!
SCHNAUF...
DA!!
ES FUNKT!
?
UND JETZT QUALMT'S!
WAS MACHT DER DENN DA?!
FFFFH...
FFFH...
FFFH...
JA! JA!!
AAAAAAAAAAH!!!

SCHNAUF
SCHNAUF...
ZIPPO!! WAS SOLL DAS WERDEN ?!!
FLOP, BLEIB HIER!!
SICHERH ZONE
JAAA!!! ICH HABE FEUER GEMACHT!!!
ICH HABE FEUER GEMACHT!!!
JETZT MÜSSEN WIR'S NUR NOCH BE-HERRSCHEN!!
WIR KÖNNTEN UNS DIE RAUBTIERE VOM HALS HALTEN!!
ICH HABE FEUER GE-
FFFH!

FEUER ?! IM ERNST JETZT ?!! IHR WOLLT FEUER BE-HERRSCHEN ?!
UNS WÄRE NACH DEM BLITZ-SCHLAG FAST DER ARSCH ABGEBRANNT, SCHON VERGESSEN ?!!
DIESE RIESENWAND AUS FEUER, DIE AUF UNS ZUGERAST KAM ?! FEUER BEHERRSCHEN ?! HALLO ?!
KNIRSCH...
MAN MUSS DEM FEUER NUR WENIG ZU FRESSEN GEBEN, DANN BLEIBT ES KLEIN!
SAGT WER ?!
SAGE ICH !! AUSSERDEM HAT ES ANGST VOR WASSER !
ACH JA ?!!
JA! BESPRITZ ES MIT WASSER, UND ES ZISCHT DICH AN !!
BESPRITZ ES MIT VIEL WASSER, UND ES STIRBT !!!
WIR WERDEN FEUER KONTROLLIEREN UND NUTZEN! DAS IST EINE REVOLUTION, FLOP !! WIR KÖNNEN UNS DARAN WÄRMEN! FLEISCH GAREN! NACHTS LICHT MACHEN !!!
WAS IST NUR LOS MIT UNS ?

GESTERN HOCKTEN WIR NOCH ALLE UNBEWUSST IM GEÄST UND LAUSTEN UNS DEN RÜCKEN, UND JETZT …
… RUNTER VOM BAUM! AUFRICHTEN! HIRN GRÖSSER, FAUSTKEILE, TIERE JAGEN, FLEISCH FRESSEN! WEIB-CHEN FICKEN!
… UND NUN AUCH NOCH FEUER BE-HERRSCHEN! WIR BRAUCHEN ZUM AUSSTERBEN KEINE SÄBELZAHN-TIGER, WIR SCHAFFEN DAS ALLEIN!
FLOP …
WEIBCHEN FICKEN HAT NUR SEHR BEDINGT MIT AUSSTERBE
ZU TUN.
ALLE
MAL H
HÖRE
SIEHT SO AUS, ALS WÄREN WIR AUF DIESEM TERRITORIUM NICHT ALLEIN! SOEBEN WURDEN IM OSTEN DIE ROBUSTEN GESICHTET!!
ZUR ERINNERUNG: DIE ROBUSTEN STECKEN SÜSSEN ELEFANTENBABYS SCHILFROHRE IN DEN ARSCH UND PUSTEN SIE AUF, BIS SIE PLATZEN!!!
DIE KERLE HABEN DICKERE HODEN ALS WIR!!!

SIE HABEN DICKERE HODEN ALS WIR UND PENISKNOCHEN!!!
ABER NIEMAND HAT DICKERE HODEN ALS WIR, DARUM MÜSSEN DIE ROBUSTEN WEG!!!
DAS NENNT SICH LOGIK!!
WIR HABEN NÄMLICH DICKERE GEHIRNE!
DICKERE HODEN WÄREN ZWAR BESSER, ABER IMMERHIN!!
SEUFZ...
FLOP UND EFFI, IHR STEIGT AUF DEN OSTBERG UND HALTET WACHE! WIR MÜSSEN DIE ROBUSTEN IM AUGE BEHALTEN!!
?!
NOCH FRAGEN?!
ÄH, WAS... WAS HABT IHR DA...?
ACH SO, DAS SIND ENDENSCHURZE!
DIE ROBUSTEN MÜSSEN NICHT SEHEN, DASS WIR KEINE PENISKNOCHEN HABEN!!
DICKES HIRN, LEUTE! DICKES HIRN!

FEUER KONTROLLIEREN! ICH FASS ES NICHT!

UNSERE ZÄHNE SIND ZU FLACH ZUM FLEISCHZERBEISSEN? OK, DANN FRESSEN WIR EBEN KEINS!

ABER NEIN, JETZT WOLLEN SIE'S VORHER WEICH BRENNEN!
ANBRATEN.

FRÜHER HABEN WIR UNS BEI KÄLTE ANEINANDER GEKUSCHELT, UND GEMÜTLICH WAR'S! JETZT BRAUCHEN WIR PLÖTZLICH 'NE ZENTRALHEIZUNG!
FLOP, DU GEHST MIR AUF DIE EIERSTÖCKE MIT DEINEM KULTURPESSIMISMUS!
GENAU!! ICH STEH DAZU!! KULTURPESSIMISMUS!!!
DEN FORTSCHRITT HÄLTST DU NICHT AUF, ABER MIR KOMMT GRAD EIN VERDACHT, WARUM AUSGERECHNET WIR ZWEI HIER WACHE SCHIEBEN!
NA, WEGEN DER ROBUSTEN! KÖNNTEN UNS JA DIE TERMITEN WEGFRESSEN, DIE ROBUSTEN!
DABEI IST DER SO SEXY, DER KLEINE ROBUSTUS! ICH WILL SEINE LÄUSE FRESSEN!
WIR ZWEI SIND HIER, WEIL WIR MÄNNCHEN UND WEIBCHEN SIND!
DU MÄNNCHEN, ICH WEIBCHEN! WIR ZWEI TAGELANG GANZ ALLEIN, DA WERDEN WIR UNS SCHON NÄHERKOMMEN!
WIE JETZT?
EREC LEGT ES DARAUF AN, DASS WIR FICKEN!

ICH FICK DICH AUF KEINEN FALL!
DAS IST SEHR ZUVORKOMMEND VON DIR, DASS DU MICH NICHT FICKST!
DANKE!!
DIE SAGEN, HOMOSE IST UNNATÜRLICH UN KANN WEG!
ES GIBT HOMO-GIRAFFEN, HOMO-ANTILOPEN, HOMO-LÖWEN, DA GIBTS AUCH HOMO-HOMOS!!
ERKLÄR DAS EREC, NICHT MIR!
ICH STEH AUF MÄNNCHEN!!
ALLE PLÖTZLICH VERKLEMMT!! DEMNÄCHST MÜSSEN WIR UNS NOCH VERHÜLLEN!!!
WAS?
LENDENSCHURZE!
DAS IST UNNATÜRLICH, JEMANDEM GEGENÜBERZUSTEHEN UND NICHT ZU SEHEN, WIE DICK SEINE HODEN SIND!!
STÖHN...
HIER!
EINE HÖHLE!

OH!
VIELLEICHT SOLLTEN WIR'S UNS EIN BISSCHEN HÜBSCH MACHEN!
ICH KÖNNTE DIE WÄNDE MIT HÖHLENZEICHNUNGEN VERZIEREN!
MIT WAS VERWAS?!
NA, BILDER! MIT KALKSTEIN UND RÖTEL!
ELEFANTEN, NASHÖRNER, BÜFFEL!
EIN PANORAMA MIT ANSICHTEN UNSERER UNMITTELBAREN UMGEBUNG, SO OBERHALB DER SITZPLATZGARNITUR!
ABER NICHT GANZ MITTIG, EHER ETWAS RECHTS!

FLOP, DU BIST WIRKLICH, WIRKLICH SCHWUL.
WAS?!
NICHTS GEGEN DIE SIT PLATZGARNITUR, ABER FÜR NUTZLOSEN DEKO-SCHNICKES HABEN WIR NOCH EIN PAAR MILLION JAHRE ZEIT!
DEINE ZUKUNFT IST, EINEN HAUFEN WEICHES GRAS UND BLATTWERK HERZUSCHAFFEN, DAMIT WIR DRAUF SCHLAFEN KÖNNEN!
NUTZLOSIGKEIT IST INNOVATIV! OHNE KUNST UND KULTUR WÄRE UNSERE ZUKUNFT –
ICH BESORG UNS INZWISCHEN WAS ZUM FRESSEN!
SOLL ICH DIR WAS MITBRINGEN?
NICHTS MIT FLEISCH!
SEUFZ ... DEIN DARM IST ZU LANG, FLOP! DEIN DARM IST ZU LANG!

ROB!

?!
HEY GROSSER...
ROB!
SEUFZ...

VERSTEHST DU MICH?
KÖNNEN WIR REDEN?
ROB!
ROB, OK. ROB.
DU ROB?
ICH FLOP!
ROB!
ROB, ANGENEHM. ICH HEISSE FLOP!
FLOP!
SAG MAL FLOP!
ROB!
OK, VERGISS ES.

GÄHN...
UND DEINE LEUTE?
WO SIND DEINE ELTE
SCHLECK!
?!!
ROB.
?!
PSSST!
ER SCHLÄFT...
CHRR...

UND WENN DAS HIER IHRE HÖHLE IST ?! WENN DIE GLEICH REINKOMMEN UND UNS ZERHACKSTÜCKELN ?!
SIE WIRKTEN DOCH NETT AM WASSERLOCH ! UND ER MAG MICH OFFENBAR !
MAN WIRD MIT IHNEN REDEN KÖNNEN !
CHR...
DU SAGTEST, ER SPRICHT NICHT !
VIELLEICHT IST ER JA NOCH ZU KLEIN !
DER IST MINDESTENS IN DER PUBERTÄT ! JEDENFALLS STINKT ER SO !
JA, STIMMT.
ER DUFTET STRENG-SÜSSLICH.
SCHNÜFFEL
MEINE PHEROMON-BOMBE...
DAS IST JETZT ETWAS INTIM, ABER VORHIN HAT ER SICH AN MIR GERIEBEN !
WIE, GERIEBEN ?
CHRR...
ER HECHELTE UND RIEB SEINEN PENIS AN MEINEM BEIN ! ICH FINDE, DAS IST NOCH AUSBAUFÄHIG !

ZUMAL SEIN PENIS GRÖSSER IST ALS MEIN BEIN!
SO EIN PENISKNOCHEN IST ZWAR STABIL, ABER DIE EIGENTLICHE EREKTION … WENN'S MAL HART AUF HART KOMMT, WEISS ICH GAR NICHT, WO ICH DIE HINSTECKEN SOLL, ABER MIT GEDULD UND SPUCKE …
CHRR …
FLOP, JETZT WIRD'S UNAPPETITLICH!
ACH JA, DU STEHST AUF VULVEN! ICH VERDRÄNG DAS IMMER!
ER IST EIN AUSTRALOPITHECUS ROBUSTUS! GANZ ANDERE SPEZIES!
ACH WAS, DER HOMO HAT SICH IMMER KREUZ UND QUER BEGATTET, DER RUDOLFENSIS BESTIEG DEN AFRICANUS …
… DER AETHIOPICUS DEN BOISEI, DER ERGASTER DEN HABILIS UND UMGEKEHRT! DA WERDEN WIR JETZT MAL NICHT RASSISTISCH!
UND GENÜSSLICH FICKEN IST ERFREULICHER, ALS ANDEREN MIT DER KEULE DEN SCHÄDEL ZU PÜRIEREN!
DA GIBT'S NATÜRLICH KEIN GEGENARGUMENT.
EBEN! UND ER HAT SO EINEN HÜBSCHEN SCHÄDEL MIT DIESEM SAGITTALEN KAMM!

EFFI ?!
?
ROB !
ROB !
ROB ROB !!!
RUHIG, BRAUNER...
DAS IST PEFFI !
PEFFI !! HIER !!!
DIR WACHSEN HAARE AUF DEM KOPF !
JA, DAS IST JETZT DAS NEUESTE. ÜBERALL SONST FALLEN SIE AUS !
?!!
...
WAS IST DAS ?

DAS IST ROB! STARR IHN NICHT SO AN, ER HAT AUCH GEFÜHLE!
ROB!
AH! OK... VERSTEHT ER, WAS ICH SAGE?
NEIN. ES SEI DENN, DU SAGST ROB!
ROB!
GUT SO. ICH HAB NÄMLICH SCHLECHTE NACHRICHTEN.
SIE HABEN DEN TRICK RAUS, SIE KONTROLLIEREN FEUER! UND SIE ERLEGEN UND BRATEN TIERE!
ROB!
WAHNSINN.
WAS FÜR TIERE?

NA JA... DAS IST DIE SCHLECHTE NACHRICHT...
?!
NEIN!
DOCH. DIE ROBUSTEN SIND EIN BISSCHEN DOOF, EIN BISSCHEN PLUMP UND SCHWERFÄLLIG. LEICHTE BEUTE!
NEIN!
NEIN! NEIN!! NEIN!!!
ROB!

NEIN!!!
CHRR...
CHR...
UNSERE SCHÄDELDECKE WIRD ZU KLEIN!
HM?

VOM VIELEN DENKEN UND FLEISCH-FRESSEN WIRD UNSER HIRN IMMER GRÖSSER, ABER UNSER KOPF NICHT! WIR MÜSSTEN DOCH ALLE RIESEN-KÖPFE HABEN, BEI DEM HIRN!
DARUM DREHEN DIE ALLE DURCH! DIE SCHÄDEL SIND KURZ VORM PLATZEN!
CCHR
DANN HÖR LIEBER AUF ZU GRÜBELN, SONST PLATZT DU AUCH GLEICH! NUN SCHLAF!
KLINGT ABER LOGISCH.
ES IST JEDENFALLS EXTREM FRUSTRIE-REND, EINER SPEZIES ANZUGEHÖREN, DIE SO BLÖD IST!
GUTE NACHT, FLOP!
HIER LANG! HIER IST ES NICHT SO STEIL!
ÄCHZ!

MIR TUN DIE BEINE WEH!
NA, WEM NICHT?
WIR SIND BALD OBEN!
MAMA, ICH HAB DURST!
?!
KANN ICH JETZT NICHT ÄNDERN.
ROB!!
PSSST!!
VORSICHT, GERÖLL!
HIERHER! HIER IST GUT!
AUA!
WAS?
DISTEL!

VIELLEICHT SOLLTEN WIR UNS NOCH LEDER UM DIE FÜSSE WICKELN!
MACH EINFACH DIE AUGEN AUF!
WAR AUCH'N WITZ!

GANZ RUHIG! KEINEN TON!
SCHLABB!!
ODER SO.
HE!
?!
PEFFI!
HAST DU UNS ERSCHRECKT!
TANTE PEFFI!
WAS IST LOS, WAS MACHT IHR HIER?!
HÖR BLOSS AUF, EREC STEIGT DER ERFOLG ZU KOPF!
DIE BEKLOPPTEN WERFEN JETZT ALLES AUF DEN GRILL, WAS NICHT SCHNELL GENUG IM SCHLUPFLOCH IST!
UND IHR PASST BESSER AUCH AUF! SIE HABEN GROG VOM BERG GESCHMISSEN, NUR WEIL ER'N KERL ANGEBALZT HAT! DA VERSTEHEN DIE KEINEN SPASS!
?!!
SCHLABB SCHLABB!

WIR MACHEN DA NICHT MEHR MIT!
WIR SIND FERTIG MIT ERECTUS!
WIR SIND JETZT SAPIENS!
HOMO SAPIENS!
WIR HABEN NICHTS MEHR ZU TUN MIT DIESEN AFFEN!
HIER IST DER KLUGE, VERNUNFTBEGABTE MENSCH!
TOLL...
UND WIR WAREN SCHON DABEI, DIE HOFFNUNG ZU VERLIEREN...
NEIN, AB JETZT MACHEN WIR ALLES BESSER!
UND WIESO HABT IHR ALLE DIESE LAPPEN UM?
ACH SO, JA, DAS SETZT SICH DURCH.
BESSER, WENN MAN DIE GENITALIEN NICHT STÄNDIG SIEHT!
HM.
JETZT, WO WIR DAS GANZ JAHR ÜBER FICKEN, MUSS MAN DIE SPANNUNG ERHALTEN!
HM!
REIZWÄSCHE SOZUSAGEN...
REIZWÄSCHE?! WOHL EHER NOTWEHR!!
WIR WEIBCHEN WURDEN ANDAUERND BELÄSTIGT, BEGRABSCHT UND UNAUFGEFORDERT BESTIEGEN!
ICH MUSSTE AM TAG MEHRFACH IRGENDWELCHE NOTGEILEN MÄNNCHEN ABSCHÜTTELN!!!

ICH AUCH!
ICH AUCH!
NA JA, HÄTTET IHR NOCH ROSA GESCHWOLLENE ÄRSCHE, GÄB'S KLARE SIGNALE, ABER SO…
ES SIND VULVEN, UND WENN WIR FAUCHEN, IST DAS EIN KLARES SIGNAL, ARSCHLOCH!
EDENFALLS ZIEHT EREC MIT SEINEN PRI- ATEN AUSROTTEND UND NATURZERSTÖREND ITER, ABER WIR CHEN UNS NACH- LTIG UND UMWELT- ONEND HIER EIT!
WIESO NATUR- ZERSTÖREND?!
WEIL-
WEIL DIE JETZT-
?
?!
?!
?!
JA, ES IST EIN AUSTRALOPITHECUS ROBUSTUS!
SONST NOCH FRAGEN?!
ROB!
OH… HALLO FLOP!
NEIN, NEIN, IST OK! WIR SIND TOLERANT!

ICH FINDE SCHON DEN BEGRIFF AUSTRALOPITHECUS PROBLEMATISCH! DAS ASSOZIIERT, DAS ER KEIN HOMINIDE IST!
SONDERN EIN TIER!
DAS MAN JAGEN, BRATEN UND FRESSEN KANN!
UND NICHTS, WAS AUF ZWEI BEINEN GEHT, SOLLTE MAN BRATEN!
AUSSER GEFLÜGEL. ABER GEFLÜGEL EIGENTLICH AUCH NICHT!
NA JA, AUSSER AN FEIERTAGEN!
JA, AN FEIERTAGEN MUSS SCHON SEIN!
ABER SONST KÖNNEN WIR GUT DRAUF VERZICHTEN! ES GIBT JA SO VIEL OBST UND GEMÜSE!
ANDRERSEITS... DAS WIRD MAN JA WOHL NOCH SAGEN DÜRFEN...
WENN MAN ROBUSTENKEULEN VORM ANBRATEN MIT KRÄUTERN EINREIBT, IST DER GESCHMACK SENSATIONELL!
JA, ABER WIR ESSEN JA NICHT MEHR SO VIEL FLEISCH!
NEIN, WIR ESSEN NICHT MEHR VIEL FLEISCH.
KNIRSCH...

ALSO, WENN'S HIER OK IST, KÖNNEN WIR UNS SESSHAFT MACHEN! GETREIDE UND SALAT ANBAUEN ODER SO!
DER BODEN IST ZU TROCKEN.
WIR LEITEN DEN BACH DA HINTEN ZU UNS UM!
DAUERT ZWAR 'NE WEILE, UND WIR MÜSSTEN VORHER DEN SPATEN ERFINDEN … ABER WIR HÄTTEN IMMER FLIESSENDES WASSER!
DAS IST EINE GENIALE IDEE!
TJA … HOMO SAPIENS!
WAS?! DEN BACH UMLEITEN?! DANN TROCKNET DAHINTEN ALLES AUS!
UND?
?!
?!
UND?! DA LEBEN JEDE MENGE TIERE!!
??!
ICH FÜRCHTE, DA LEBTEN JEDE MENGE TIERE …

JA, DAS IST DAS NEUESTE.
SIE LEGEN KONTROLLIERTE FEUER!
?!
DER WIND KOMMT VON HINTEN, KAUM RISIKO!
NACH DEM FLÄCHENBRAND LAUFEN SIE BEQUEM DURCH DIE ABGEKÜHLTE ASCHE UND STOPFEN SICH DAS LIEGENGEBLIEBENE GRILLGUT INS MAUL!
SCHNAUF
KNURPS
SCHMATZ

OK, ICH ... GEH ZURÜCK AUF DEN BAUM.
... NICHT DEIN ERNST.
DOCH, DOCH! DIE GIBT'S JA HOFFENTLICH NOCH, UNSERE GUTEN ALTEN BÄUME.
NTRAPRODUKTIV! CH VORN WILL DIE WELT!
DANN KANN'S DER WELT JA EGAL SEIN, WENN ICH NACH HINTEN WILL!
BOAH, FLOP!!
DER MENSCH WIRD NOCH GROSSES LEISTEN! WIR STARTEN JETZT ERST RICHTIG DURCH!
JA, STARTET IHR MAL! ICH MACH MICH AUF DEN RÜCKWEG!
ICH HASSE KULTUR-PESSIMISTEN! DIE BREMSEN SO AUS!
FLOP, DU ÜBERLEBST DAS NICHT ALLEIN!
ROB KOMMT MIT! NICHT WAHR, ROB?
ROB!

GLAUBST DU, ER VERSTEHT, DASS SEINE LEUTE GERADE GE-RÖSTET WERDEN?
NEIN, DIE HAT ER SO GUT WIE VERGESSEN.
GRUNZ…
WAS IMMER AUCH PASSIERT IST…
STIMMT'S ROB?
ER IST NICHT DIE HELLSTE KERZE AUF DER TORTE, ABER DAS IST OK…
SCHNURR…
WIR WERDEN EINFACH NUR AUF'M BAUM SITZEN UND FRESSEN UND UNSERE PENISS AM BEIN DES ANDEREN REIBEN!
FLOP, HIER SIND KINDER
DAS IST ALLES, WAS DU VOM LEBEN WILLST?! FRESSEN UND FICKEN?!
UND SCHLAFEN UND FURZEN.
SCHNAUF
WAS, ROB?!
UND KRAULEN!
DER IST NOCH KLEIN! DER WIRD NOCH FAST DOPPELT SO GROSS!
DU LIEBER HIMMEL, DAS WILL ICH MIR GAR NICHT VORSTELLEN!
FIEP!
KRATZ SCHUBBEL SCHUBBEL
UND VIEL GRÖSSER NOCH IST DER PAPA-WAMBA!!!
?!

?
OH NEIN ... DER SPINNER ...
EINFACH NICHT BEACHTEN!
ER MEINT, WIR MÜSSEN DEM SCHICKSAL IRGEND-WELCHE OPFER BRINGEN, DAMIT ES BEI LAUNE BLEIBT!
?
DEM PAPAWAMBA!!!
ODER SO!
DAMIT ER UNS BESCHÜTZT! BALD SIND WIR ALLE KADAVER, DAS WAR'S DANN MIT FRESSEN UND FURZEN!!
EWIG FURZT NUR DER PAPAWAMBA!
D ICH BLEIBE DABEI, DIE SCHÄDEL-
CKE WIRD ZU KLEIN! KOMM, ROB, WIR GEHEN TEITA!
LEBT WOHL! MACHT DAS BESTE DRAUS! UND LASST DEN BACH, WO ER IST!
ROB!

ES WIRD DIR GEFALLEN!
DA SIND NOCH ALTE BAUMNESTER, DA HÄNGT MAN SICH LOCKER REIN!
TOTAL BEQUEM!

EINIGE TIERE IN DER NACHBARSCHAFT SIND ZIEMLICH NETT, ABER DIE MEISTEN INTERESSIEREN SICH NICHT FÜR UNS!
UND DIE SICH FÜR UNS INTERESSIEREN, KÖNNEN NICHT SO SCHNELL KLETTERN!

OK, DIE GIRAFFEN NERVEN MANCHMAL EIN BISSCHEN, ABER DIE MÜSSEN JA AUCH WAS ZWISCHEN DIE ZÄHNE KRIEGEN!
NUR, WEIL WIR HOMINIDEN SIND, MACHEN WIR MAL NICHT AUF LANGEN HALS!

JEDEM TIERCHEN SEIN PLÄSIERCHEN! WER SIND WIR DENN, DASS WIR UNS HIER BREITMACHEN UND ALLE ÜBERRUMPELN?!

AH! ES RIECHT SCHON NACH URSPRUNG!
ANGESICHTS DER WELTGESCHICHTE HABEN WIR EINEN VERBLÜFFEND KURZEN WEG HINTER UNS!
DU WIRST STAUNEN ÜBER DIE AUSSICHT! MAN SIEHT JEDEN SÄBELZAHNTIGER AUF DREI KILOMETER ENTFERNUNG!
ROB!
NUN GUCK DIR DAS AN!
DA KOMMEN WIR HER!

DER IN DER MITTE IST MEIN STAMMBAUM!
ABER WIR WERDEN EINEN SCHÖNEN AST FÜR DICH FINDEN!
JA...

HIER KÖNNEN WIR IN RUHE AUSSTERBEN.

ACH ... HABEN WIR'S NICHT SCHÖN?
DIESE AUSSICHT!
DIE ANDEREN WOHNEN SICHER ALLE PARTERRE!
GESCHIEHT IHNEN RECHT! INTELLIGENZ-BESTIEN!
WEISST DU, WAS ICH AM MEISTEN AN DIR SCHÄTZE, AUSSER DEINEM VERLOCKENDEN DUFT?
UND DEINEM FASZINIERENDEN KNOCHENBAU?
AM MEISTEN SCHÄTZE ICH DEIN KLEINES GEHIRN!
ROB!

SICHER, ICH WERDE MICH MANCHMAL MIT JEMANDEM UNTERHALTEN WOLLEN! KULTUR UND SO...
ABER MIT DER SPRACHE GEHT'S JA SCHON LOS...
WIR SOLLTEN LIEBER ALLE MAL 'NE WEILE DAS MAUL HALTEN!
WIR SOLLTEN EINFACH MAL STILL SEIN UND –
SCHLABB!!
OK. DAS GEHT NOCH BESSER!
MACH MAL DIE LIPPEN SPITZ! SO!
?
SCHLABB!!
SCHLABB!!
NA GUT... WIR HABEN JA ZEIT...

IST VORBEI, ODER WAS?
HM. HÄTTE SCHON NOCH GERNE GESEHEN, WIE SIE FICKEN...
KLATSCH
KLATSCH
KLATSCH

KLATSCH
KLATSCH
KLATSCH
KLATSCH
PFEIF!!
KLATSCH
KLATSCH
KLATSCH
KLATSCH
KLATSCH
KLATSCH
KLATSCH
BRAVO!!
KLATSCH
KLATSCH
PFEIF!!! KLATSCH
KLATSCH
KLATSCH
KLATSCH
BUUUH!!
KLATSCH
BRAVO!!

KLATSCH
KLATSCH
KLATSCH
KLATSCH
KLATSCH
KLATSCH
KLATSCH
KLATSCH
KLATSCH
KLATSCH
KLATSCH
KLATSCH
BRAVO!!!
KLATSCH
KLATSCH
KLATSCH
BUUUH!
NA, DAS WAR ABER ALLENFALLS HÖFLICHKEITS-APPLAUS.
KLATSCH
KLATSCH

NUN MÜSSEN WIR ABER WIRKLICH ZURÜCK INS HOTEL, SONST WIRD'S DUNKEL!
ÄH ... DÜRFEN WIR SIE KURZ ANSPRECHEN? WIE FANDEN SIE'S?
ZU DESTRUKTIV!
NA JA ... VOM FAUSTKEIL ZUR WASSERSTOFFBOMBE WAREN'S NUR EIN PAAR SCHRITTE!
WASSERSTOFFBOMBE, WASSERSTOFFBOMBE! UND WAS IST MIT MOZART?!
UND SHAKE-SPEARE!
UND SHAKESPEARE! UND WIE HEISST DER ANDERE, DER DANN IMMER GE-NANNT WIRD, DER DIE KIRCHE BUNT GEMALT HAT!?
MICHELANGELO!
GENAU! ÜBER DIE REDET KEINER!
NACH ABWURF DER WASSERSTOFFBOMBE NICHT MEHR, NEIN.
UND ANDRÉ RIEU! DER KOMMT HEUTE ABEND IM FERNSEHEN, WIR MÜSSEN ZURÜCK IN DIE ZIVILISATION!
STIMMT ES, DASS IHR IM JAHR 2050 ZEHN MILLIARDEN SEID?!
WAS? WEISS NICHT. SCHON MÖGLICH.
UND DASS IHR EUCH GEDANKEN DARÜBER MACHT, WIE IHR DIE ZEHN MILLIARDEN ERNÄHREN SOLLT?!

UND NICHT ETWA DARÜBER, WIE ZU VERHINDERN WÄRE, DASS IHR ZEHN MILLIARDEN WERDET?!
WIE DENN VERHINDERN?
UND DANN FÜNFZEHN?! UND DANN ZWANZIG?!!
NA JA, ALLES MAL IM GLOBALEN ZUSAMMENHANG SEHEN? KLUGE ALPHAMÄNNCHEN WÄHLEN? VERZICHT ÜBEN?
EINFACH ALLE MAL'NE WEILE NICHT MEHR FORTPFLANZEN?!
KEINE HOFFNUNG
NEIN.
HOMO SAPIENS, DER VERSTEHENDE, VERSTÄNDIGE, WEISE, GESCHEITE, KLUGE, VERNÜNFTIGE MENSCH, RENNT SEHENDEN AUGES IN DEN UNTERGANG!

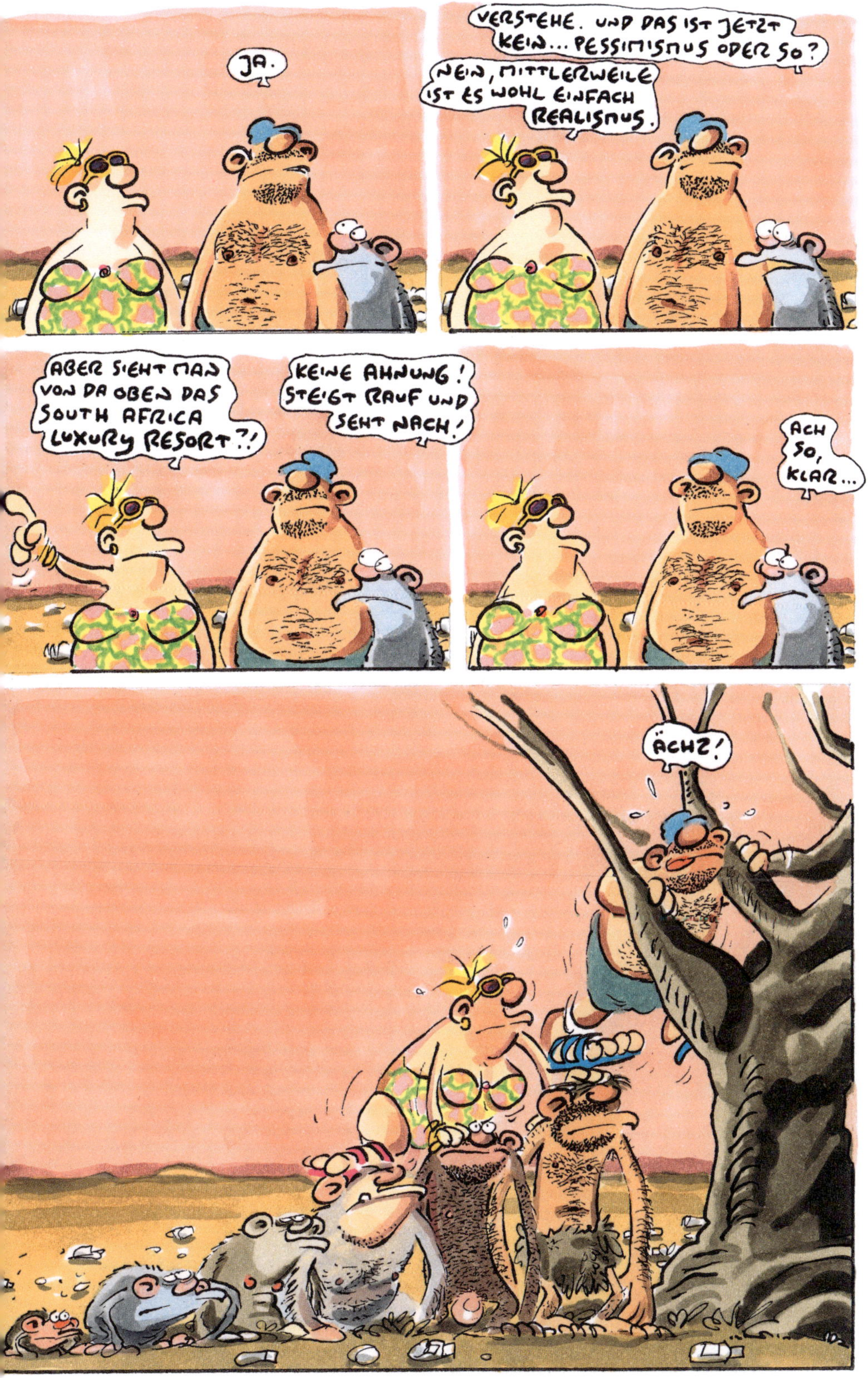
JA.
VERSTEHE. UND DAS IST JETZT KEIN ... PESSIMISMUS ODER SO?
NEIN, MITTLERWEILE IST ES WOHL EINFACH REALISMUS.
ABER SIEHT MAN VON DA OBEN DAS SOUTH AFRICA LUXURY RESORT?!
KEINE AHNUNG! STEIGT RAUF UND SEHT NACH!
ACH SO, KLAR ...
ÄCHZ!

DIE WELT SIEHT VON HIER OBEN ABER IMMER NOCH GANZ SCHÖN AUS, ODER?
NA JA, WENN ES SCHÖN IST, WIE DER PLASTIKMÜLL IN DER SONNE GLITZERT...
ICH FIND'S SCHÖN
WIR KÖNNEN NICHTS DAFÜR! WIR SIND NUN MAL SO!
HM.
WAS, MEINST DU, HAT DIE EVOLUTIO SICH DABEI GEDACHT, ALS SIE UNS...
VIELLEICHT SOLLTEN WIR ALLE MAL'NE WEILE DEN MUND HALTEN!

DER AFFE HAT RECHT, WIR SIND AM ARSCH, WAS?
... EINFACH NUR MAL STILL SEIN.
RGD 2018

Evolution dauert lange und ist mit Irrwegen verbunden

Okay, klingt gut, ist aber Bullshit. «Zeit» ist ein relatives Ding, und «Irrwege» setzt voraus, dass di Evolution ein *Ziel* hätte! Am besten noch, dass *wir* dieses Ziel sind, ausgerechnet *wir* gefräßigen Id oten! Andererseits findet Evolution auch beim Comiczeichnen statt, und das hat mit wenig relativer Abgabetermin und dramaturgischen Sackgassen zu tun. Der Urknall war: Afrika! Pleistozän! Geil Kulisse, jede Menge Stoff, das macht Spaß und kritzelt sich flott aufs Papier! Aber die Idee, die Mil onen Jahre umfassende Hominisation in *einer* durchgehenden Geschichte zu erzählen, erwies sic schnell als Evolutionsbremse.

Ein bisschen Making of: Es ging los mit den Namen. Wie heißen Australopithecinen? *Werner* ode *Hildegard* ist doof, *Grumpf* und *Schrorg* aber auch. *Flop* hieß erst *Fred* – in Anlehnung an den Feue stein und nur bedingt lustig. Dann die Sprache an sich! Unsere Vorfahren wussten wenig von den was uns im Laufe der Zeit so eingeleuchtet hat – was reden sie also? Reden sie überhaupt? Im Hir begann es erst über Äonen, vage dumpf zu wabern, Smalltalk kam später. Also den ersten Teil de Story stumm lassen, ohne Sprechblasen, nur ab und zu mal *Grunz*? Was ist mit Altern und Tod – i Millionen Jahren wird das ja mal vorgekommen sein –, was mit der allmählichen körperlichen Verär derung? Der Östrus schuf sich nicht von jetzt auf gleich ab, da sind Erklärungen vonnöten, keine gut Vorraussetzung für gewitzte Sprechblasen.

Der Erectus ließ sich also nur mühsam aufrichten. Die Rahmenhandlung war die größte Hürde. etztlich stapfen zwei verirrte Afrika-Touristen durch die vermüllte Savanne der nahen Zukunft, aber is das klar war, gab es z.B. ein Neandertaler-Pärchen, das auf dem Baum mit einem vergreisten rahnen philosophiert, oder sogar die Berliner Drag *Jurassica Parka*, die in einer pseudowissenchaftlichen Sendung einen vom Gesprächsniveau unterforderten Paläoanthropologen interviewt. Var lustig, aber wurde zu lang. Mit Plan und Ziel hab ich's nicht, ich mach einfach drauflos. Wird chon irgendwas dabei rauskommen.

Wenn's fertig ist, fragt man sich, welche unnötigen Brocken man über die Umwege gewälzt hat, warum nicht gleich so? Entspannend war wie immer das meditative Stricheln der Körperbehaarung. Ehrlich gesagt war das sogar die Ur-Idee: irgendwas mit Haaren überall.

Ralf König, im April 2019

Ralf König, 1960 in Soest geboren, Studium der Freien Graphik an der *Kunstakademi Düsseldorf*, ab 1980 Comic-Veröffentlichungen in diversen Schwulenmagazinen. Durchbruc mit *Der bewegte Mann* (1987), der als Comic wie als Film ein großes Publikum eroberte. Vie fache Auszeichnungen (u. a. 2010 mit dem *Max-und-Moritz-Preis* für den besten Comic-Stri für *Prototyp* und *Archetyp*). Seine Comics wurden in 18 Sprachen übersetzt. Zahlreiche Au stellungen, z. B. 2012 das *Ursula-Projekt* im *Kölnischen Stadtmuseum* zu den *Elftausend Jun frauen*. 2014 erhielt er den *Max-und-Moritz-Preis* für sein Lebenswerk und 2017 den *Wilheln Busch-Preis der Schaumburger Landschaft für satirische und humoristische Versdichtung*. König Veranstaltungen mit projizierten Comics und den von ihm gelesenen Sprechblasen sind imme ein großes Vergnügen. Ralf König ist im Beirat der *Giordano-Bruno-Stiftung*.

www.ralf-koenig.d

1. Auflage Juni 2019

Herstellung Daniel Sauthoff
Lithografie Susanne Kreher
Druck und Bindung CPI books GmbH, Leck, Germany
ISBN 978 3 498 03581 5

MIX
Papier aus verantwortungsvollen Quellen
FSC® C083411

Das für dieses Buch verwendete Papier ist FSC®-zertifiziert.